한 그릇도
배달됩니다

한 그릇도
배달됩니다

박채란 지음

열린어린이

• 차 례 •

사랑은 떨림

"지금까지 구석기, 신석기 시대 특징을 알아봤다. 다음 시간에 청동기 시대 진도 나가겠다. 여기서 기억할 것. 구석기, 신석기 시대는 계급이 없었다. 평등했단 말이다. 그런데 청동기 시대부터는 계급이 생긴다. 그 이유 아는 사람 있나?"

구령 붙이는 군인처럼 딱딱한 말투로 설명을 하는 한국사가 대답을 재촉하듯 아이들을 둘러본다. 조용하다. 1학기 초. 아직 대놓고 자는 애는 없다. 대답하는 애는 더더욱 없다.

"본인 생각을 말해 보란 말이다. 젊은 녀석들이 패기가 없다, 패기가!"

침묵이 답답한지 한국사는 대놓고 짜증을 낸다. 패기 좋아하시네. 나는 선생을 찬찬히 살펴본다. 나보다 작은 키에 수박처럼 부풀어 오른 배. 넙데데한 얼굴에 짝 째진 눈은 다 떠도 감은 것처럼 작다. 코는 누가 눌러 놓은 점토처럼 납작하고 아랫입술이 툭 튀어나온 입은 심술궂어 보인다. 외모로 치자면 한국사는 하층계급이다. 이제 다 자라 버린 한국사는 자신의 운명을 바꿀 기회도 남아 있지 않다. 안타깝게도.

'디리디리 디리리리링.'

종이 우리를 살렸다. 한국사는 교과서를 탁, 덮고 잽싸게 교실 밖으로 나갔다. 이 수업이 끝나기를 우리보다 더 기다린 사람처럼.

"픽!"

앞문이 채 닫히기도 전에 손바닥이 내 등짝을 갈겼다. 기습 공격에 숨이 막혔다.

"헉! 누구야!"

진구다.

"야, 끼워 달라며. 빨리 나와."

진구는 수업 시간마다 자면서 쉬는 시간 10분은 참 알차게 쓴다. 나는 잠시 망설였다. 뛰면 땀이 난다. 땀 나면 땀 냄새가 날 거고, 여자애들은 그런 걸 싫어한다. 진구야 그런 거 상관없을 놈이지만. 어? 그런데 윤정이가 베프 수아랑 운동장을 내다보고 있다. 좋은 기회다. 놓칠 수 없지.

"그래, 가자!"

우리는 공을 들고 운동장으로 뛰쳐나갔다. 나가다가 1층 벽에 걸린 거울에 내 모습을 비추어 보았다. 입학하자마자 수선한 교복이다. 셔츠 단추 두 개를 풀고 바지 밖으로 옷자락을 꺼내 살짝 매무새를 다듬는다.

"야, 빨리 와! 시간 없어."

진구가 마음이 급한지 공을 튀기며 앞서갔다. 이미 농구대에는 애들 몇 명이 와 있다. 나는 뛰어가며 나를 보고 있을지도 모르는 윤정이의 시선을 의식했다. 힘차게, 하지만 가볍게 발을 뗐다. 멋있어 보일 거다. 윤정이는 어떤 표정일까? 날 보고 있겠지? 궁금하다. 돌아보면 내가 자기를 신경 쓰는 걸 눈치챌지도 모른다. 나는 고개를 반만 옆으로 돌렸다. 눈이 빠져라 눈동자만 굴려 우리 반 창문을 확인했다. 있다, 아직 있어. 윤정이는 아까 그 자리에서 수아랑 이야기 중. 좋아. 이제 내 매력을 뽐내기만 하면 되는 거야. 그때였다.

"현승이 형!"

누구지? 동쪽 현관에서 키 작은 남자아이가 나를 향해 손 흔들고 있다. 모르는 애다. 잘못 부른 걸까? 잘못 들은 걸까? 알 수 없다. 진구가 소리친다.

"야, 뭘 넋 놓고 보고 있냐. 얼렁 와라. 폼만 좋지 농구도 못하는 놈이 느리기까지 해!"

저놈을 그냥! 진구는 자기 얼굴을 잡아 늘이며 우스꽝스럽게 혀를 내밀었다. 나는 드리블을 하며 진구에게 뛰어갔다. 진구 말이 맞다. 나는 폼만 그럴싸할 뿐 운동은 질색이다. 그런데도 노력하는 거다. 윤정이가 농구 잘하는 애를 좋아한다는 정보를 지난주에 입수했기 때문이다. 그나마 농구 좋아하는 진구랑 같은 중학교를 다녀서 농구하는 아이들 틈에 낄 수 있었다. 농구 좀 못하면 어떠냐, 멋져 보이면 그만이지. 골대에 공은 안 들어가도 공을 튀기는 내 폼은 최상일 거다.

"이게 뭐야?"

쉬는 시간이 끝나고 교실로 들어왔다. 교과서를 찾으려고 서랍에 손을 넣는데 미끈하고 시원한 게 손에 닿았다. 게토레이다. 옆 분단 여드름 범벅 성율이가 놀리듯 말했다.

"배현승 인기 많아. 농구한다고 기어나간 동안 두 명이나 너 찾으러 왔단다. 여자애 하나는 책상 서랍에 이거 넣어 놓고 가고, 남자애는 너 운동장 갔다고 하니까 찾으러 뛰어나가던데 못 만났냐?"

배시시 웃음이 나려는 것을 겨우 참았다. 하루 이틀 일도 아닌데 아직도 깜짝 선물을 받으면 심장이 두근댄다. 게토레이를 넣어 놓은 애는 1학년 소연이일 거다. 지난달부터 은근슬쩍 마음을 표현하는데 모른 척하고 있다. 몸매는 그럭저럭 괜찮지만 얼굴이 커서 1도 관심 없다. 남자애는 누굴까? 이제 남자애들한테까지 인기라니 흐음, 기분이 좋으면서도 뭔가 찝찝하네. 아무튼 배현승 인생에 이런 날이 오다니 감개무량이다.

중학교 때 나는 없는 존재였다. 앞에서 네 다섯 번째 정도 되는 작은 키. 공부도 고만고만하고 운동도, 싸움도, 노래도, 심지어 컴퓨터 게임마저도 고만고만했다. 그나마 손으로 뭘 만드는 걸 좋아해서 중학교 3년 내내 '미니어처 부'를 하긴 했지만……. 아, 그 이야기는 꺼내고 싶지 않다. 그건 최악의 선택이었다. 그땐 왜 그걸 하고 싶어 했는지 모르겠다.

그렇게 별 볼 일 없던 내게 기적이 일어났다. 중학교 3학년 겨울 방학. 먹고 돌아서면 배가 고팠다. 엄마는 키 큰 할아버지 유전자가 이제야 활동을 시작한다면서 날마다 내가 좋아하는 음식을 힘껏 해 주었다. 족발, 탕수육, 보쌈, 김치찜, 고등어조림. 먹어도 먹어도 또 먹고 싶었다. 신기했다. 자고 일어나면 옷을 갈아입듯, 헌 몸이 새 몸으로 변해 있었다. 거울을 볼 때마다 내 앞에 서 있던 새로운 나. 겨울 방학 3개월 동안 키는 30센티 자랐고 몸무게는 7킬로 늘었다. 화산처럼 부풀어오른

여드름으로 가득했던 양 볼이 복숭아 속살처럼 보드라워졌다. 어깨는 다부져지고, 팔뚝은 굵어졌다. 눈빛은 깊어지고 다리는 길어졌다. 입학을 앞두고 새 교복을 입은 내 어깨를 엄마는 연신 쓰다듬으며 말했다.

"아이구, 내 새끼. 이렇게 훤칠하고 잘생긴 걸! 이제야 빛을 보내."

입학 첫날, 배정 받은 반에 들어갔다. 와우! 나보다 큰 녀석은 두 명뿐. 꼬꼬마들이 나를 우러러보는 게 느껴졌다. 녀석들, 그러게 방학 때 좀 먹지 뭐했냐.

엄마는 결혼식이나 가족 모임 같은 곳에 나를 자꾸 데려갔다. 친구들과 만날 때도 꼭 심부름을 시켜 그 자리에 들르게 했다. 오랜만에 날 본 어른들은 꼭 한마디씩 했다.

"어머, 이게 정말 현승이야? 못 알아보겠다."

"연예인 해도 되겠어. 현승 엄마는 좋겠다. 보고만 있어도 배부르겠어."

"현승이 엄마, 뭘 먹여서 이렇게 큰 거야?"

싫지 않았다. 날 보며 감탄 하는 사람들을 보는 것이. 엄마의 얼굴에 자랑스러움이 흘러넘치는 것이. 이제야 효도라는 걸 하는 것 같아 가슴이 뻐근했다. 사람들은 이런저런 조언도 해 주었다.

"현승 엄마. 15단지에 새로 미용실 생겼잖아. 거기 남자애들 컷 잘해 주더라. 머리만 좀 다듬어도 확 달라진다니까."

"애 옷 좀 신경 써 입혀. 옷걸이가 저렇게 좋은데 옷이 저게 뭐야."

"운동 같은 거라도 시켜 봐요. 체격이 좋아서 뭘 해도 잘할 거 같아."

"요즘은 뭐니뭐니 해도 연예인이지. 아는 오빠가 기획사 하나 하는 데 소개해 줄까?"

덕분에 나는 태어나 처음 미용실에 가서 쉐도우펌이라는 것도 해 보고, 태권도장도 기웃거렸다. 운동은 전혀 적성에 맞지 않았지만, 백화점에서 새로 산 트레이닝 복은 몸에 잘 맞았다. 옷을 바꾸니 신발이 후져 보였고, 신발을 새로 사니 가방이 허접했다.

새 신발을 신고, 새 가방을 매고, 알맞게 수선한 교복을 입고, 길어진 팔다리와 세련된 머리 모양을 하고 학교에 다니니, 전에 없던 자신감이 생겼다. 사람들은 전보다 내게 호의적이었다. 치사하지만 그건 진실이었다. 그렇게 난 새로 태어났다. 1학년 때는 그야말로 꿈같았다. 선생님도 아이들도 나에게 친절했다. 맨 뒷자리 키 크고 얼굴 작은 모델같은 녀석들 셋과 어울려 다닌 덕도 컸다. 태하, 윤수, 정근. 녀석들과 나란히 걷고 있으면 멀리서 여자애들이 입을 가리며 웃는 게 보였다. 그런데 태하는 전학을 가고 윤수와 정근이는 이과를 선택하면서 뿔뿔이 흩어졌다.

나도 윤수랑 정근이 따라 이과에 가고 싶었지만, 그러기엔 수학이 너무 꽝이었다. 나도 양심은 있다. 이제 혼자 살아남아야 한다. 절대 중학교 때 찌질한 삶으로는 돌아가고 싶지 않다. 그때는 막연히 인기 따위 뭐가 중요해라고 생각했는데. 천만의 말씀 만만의 콩떡이다. 다른 사람이 나를 좋게 봐 주면 저절로 좋은 사람이 된다는 걸 나는 처음 알았다. 좋은 사람이 된다는 것은 정말 기분 좋은 일이다. 지금까지 세상에 존재하는지도 몰랐던 사탕 맛을 봐 버린 것이다. 이제 과거로 돌아갈 수 없다. 혼자서라도 이 인기를 유지해야한다. 어떻게 하면 계속 아이들의 선망의 대상이 될 수 있을까? 내가 고른 답은 '윤정이'다.

쉬는 시간에 너무 열심히 농구를 했나 보다. 잠이 온다. 윤정이를 의식하며 슛을 날리느라 피곤해진 걸까? 졸음. 간지남 배현승 최대의 적이다. 꾸벅꾸벅 조는 모습을 윤정이에게 보여 주면… 안… 되… 는… 데…….

"야! 배현승이!"

"네?"

조는 걸 봤나? 갑작스러운 수학의 호명에 정신이 번쩍 들었다.

"너, 졸았냐?"

"아뇨. 절대 아닙니다. 수학 시간에 졸다뇨? 말도 안 되죠."

"졸았잖아!"

"아닙니다. 로그의 진수 조건에 대해 심각하게 고민 중이었습니다."

"자식 말만 번지르르 해 가지고서는. 너 다음 시간에 연습 문제 2번 나와서 풀이해. 과정까지 해서 글자 하나라도 틀리면 가만 안 둘 줄 알아!"

재수 없다. 산도적처럼 지저분하게 생겨가지고선. 수염이나 깎고 다닐 일이지. 분명 내 젊음을 시기하는 거다. 하지만 나는 웃고 있다. 거수경례를 하듯 손바닥을 이마에 올려붙이며 외쳤다.

"네! 알겠습니다!"

시원시원한 내 대답이 의외였는지 수학 선생이 피식 웃는다. 험악하던 분위기가 스르르 녹고 애들도 웃는다. 그래, 웃어라. 교무실에 가서 3반 현승이라는 놈 공부는 못해도 성격은 좋더라고 떠들어라. 그런 소문은 인기 관리에 좋다. 근데 앞쪽에 앉은 윤정이가 뒤돌아 나를 보고 있다. 눈이 마주치니 획, 고개를 돌리네? 계획이 조금씩 맞고 있는 건가? 아! 좋은 생각이 났다. 윤정이가 수학을 잘하지?

　점심시간, 나는 밥을 얼른 먹고 윤정이와 친구들이 점심을 먹고 있는 책상을 지나며 가볍게 말했다.

"야, 하윤정! 점심 먹고 시간 좀 있냐?"

여자 애들이 일시에 수저를 멈추고 나를 올려다보았다.

"왜?"

윤정이는 경계하듯 눈썹을 치켜 올리며 물었다.

"좀 부탁할 게 있어서."

나는 윤정의 경계심을 눈치채지 못한 것처럼 심드렁하게 대답했다.

"부탁?"

이번에는 윤정이 단짝 수아가 수상하다는 듯 되물었다. 수아의 질문을 잘라내듯 윤정이가 대답했다.

"알았어. 이따 내 자리로 와."

"오케이!"

나는 윤정이 옆 빈 책상 위에 수학 책을 던지듯 내려놓고 의자를 과장되게 끌어당겨 앉으며 중얼거리듯 작게 말했다.

"수학은 좀스러운 학문이라니까. 더하고 빼고 곱하고 나누고, 기껏 제곱했다가 루트를 씌우지를 않나……."

윤정이는 신경질적으로 나를 쏘아보았다. 눈초리가 예사롭지 않다. 그럴 만도 하지. 윤정이는 우리 반 수학 왕이다. 수학 잘하는 애 앞에서 수학이 좀스럽다 했으니 기분이 상했겠지? 바라는 바다. 미움이라 해도 나에 대해 일단 어떤 감정을 느끼게 하는 게 중요하니까.

"뭐? 부탁이라는 게 뭔데?"

까칠하다.

"아까 그 연습 문제 2번 풀이하는 거, 좀 알려 줘라. 못하면 내일 욕먹게 생겼잖아? 내가 실력은 없어도 노력은 좀 되니까, 외워 버리려구. 수학은 니가 제일 잘하잖아? 해 줄 거지?"

칭찬을 좀 했으니 마음이 풀렸겠지?

"음. 그럼 그러던가."

역시 목소리에 가시가 좀 빠졌다. 윤정이는 말없이 수학책을 펴 페이지를 찾더니 연습장을 펴고 풀이를 시작한다.

"문제가 '모든 실수 x에 대하여 $\log_3(ax^2+2ax+1)$의 값이 존재하도록 a값의 범위를 정하여라.'란 말이지? 야, 이건 기본 중에 기본인데. 여하튼, 진수조건에 의해서 $ax^2+2ax+1 > 0$이 성립해. 이건 알지? 설마 이걸 모르지는 않겠지? 그리고 모든 실

수 x에 대하여 식이 성립하기 위해서는 $a \rangle 0$, $\mathrm{D} \langle 0$이어야 하구……."

나는 연습장에 풀이하는 윤정이의 옆모습을 바라보았다. 턱 주변에 난 몇 개의 여드름. 콧잔등의 번들번들한 기름기. 쌍꺼풀 없는 눈. 중키에 적당한 몸매. 윤정이는 평범하다. 그런데 인기가 많다. 우리 반에만 윤정이를 좋아하는 애가 두 명, 다른 반에도 서너 명쯤. 심지어 작년부터 윤정이를 쫓아다니는 3학년 형이 있을 정도다. 하지만 윤정이는 누구와도 사귀지 않는다. 나는 살짝 상체를 뒤로 빼 조금 멀리서 윤정이를 전체적으로 살펴보았다.

문제는 스타일이다. 보이시하게 자른 커트 머리와 핑크빛이 감도는 립글로스만 봐도 알 수 있다. 윤정이는 이중적이다. 조용한 것 같으면서도 할 말은 꼭 하고, 똑똑한데 허술한 구석이 있다. 쟤는 저런 애구나라고 단정을 내릴 무렵에 의외의 모습을 보여 주는 것이다. 그게 윤정이의 매력이다.

지난 한 달, 윤정이에게 대시했다가 본전도 못 건진 애들만 두 명! 하지만 나는 해낼 수 있다. 윤정이 정도 되는 애랑 사귄다면 인기 유지는 식은 죽 먹기다.

"그래서, $a = 0$인 경우는 $1 \rangle 0$이니까 식이 성립해. 그러니까 ……."

"야, 배현승!"

갑자기 누군가 다가와 이름을 불렀다. 아니, 땀 냄새가 먼저 풍겼다. 윤정이가 말을 멈추었다. 진구였다. 내가 물었다.

"어? 너 농구한다며?"

진구는 불쑥 뒤에서 내 목을 조이며 실실거렸다.

"너 이 녀석. 점심시간에 수학 공부한다더니. 흐흐. 윤정이랑 뭐 하냐? 연애하냐? 좋냐?"

진구 말에 윤정이는 얼굴이 빨개져서 벌떡 일어났다. 책과 공책을 탁 소리나게 닫더니 진구를 노려보며 말했다.

"변태 새끼!"

이어서 나에게 말했다.

"앞으로 나한테 말 걸면 죽는다!"

윤정이는 팩 토라져 자리로 돌아가 버렸다. 허탈했다. 어떻게 잡은 기회인데. 진구는 넋이 나갔다.

"쟤가 나보고 변태 새끼래."

"그런 쓸데 없는 소리 하는데 그럼, 아이고 고맙습니다, 할 줄 알았냐?"

"나 우리 엄마한테 욕 한 번 안 듣고 자랐는데……."

"집어쳐. 왜 온 건데? 하던 농구나 처하지 왜 와서 망치냐고."

진구는 내 말에 이제야 생각났다는 듯 눈을 반짝였다.

"웬 꼬맹이가 널 찾더라고. 복도에 있어. 옛날 사진을 들고 있던데. 애들이 네가 누군지 알려 줬는데, 사진이랑 너무 달라서 못 믿던데."

"뭔 헛소리야?"

나는 당장 복도로 달려 나갔다. 바닥에 달라붙을 만큼 작은 꼬꼬마 녀석이 뭔가 들고 서 있다. 중학생이 왜 여기 있니?

"형이 현승이형 맞아요? 와, 반가워요. 형."

꼬꼬마는 젖살도 빠지지 않은 통통한 볼에 웃음을 가득 머금고 기쁘다는 듯 다가온다. 언제 봤다고 형이야. 나는 입을 굳게 다물고 녀석을 살펴본다. 너도 내 팬이냐?

"형, 사진이랑 정말 다르네요. 사진에는 키도 작고 얼굴에 여드름도 많아서 그런 사람만 찾았거든요."

뭐? 뭐라고? 나는 잽싸게 달려들어 녀석의 손에 있는 폰을 움켜잡았다. 뭐야 이거? 사진을 들여다보는 순간 나는 다리에 힘이 풀려 주저앉을 뻔했다. 이게 왜 네 폰에 있냐고.

"야, 너 좀 따라와."

나는 녀석의 손목을 잡아끌고 남자 화장실 좌변기 칸으로 갔다. 녀석을 밀어 넣고 나도 들어간 뒤 문을 닫았다. 학주가 본다면 오해하기 딱 좋을 상황이다. 하지만 내가 녀석을 괴롭히는 게 아니다. 녀석이 나를 괴롭히는 거란 말이다.

"너, 이 사진 어디서 났어?"

녀석은 묻는 질문에는 답을 안 하고 또 묻는다.

"형이 우성중 마이다스의 손 맞죠?"

"쉿! 조용히 안 해!"

"형, 제발 우리 좀 도와주세요."

녀석의 말은 듣는 둥 마는 둥 나는 손가락을 빨리 놀려 녀석의 핸드폰에 있는 사진을 삭제했다. 그리고 더러운 것을 처리하듯 녀석의 손에 핸드폰을 떨구었다. 보기만 해도 불쾌하다. 그 시절 찌질의 기운이 스물 스물 발바닥부터 기어 올라온다. 싫다. 네가 뭔데 그 봉인을 여는 거냐!

"다시는, 다시는 날 찾아오지 마라. 알겠냐?"

다음 날 쉬는 시간, 윤정이는 또 창가에 서 있다. 수아와 나란히. 나는 윤정이의 어깨를 톡 건드렸다.

"윤정아!"

윤정이가 나를 쏘아보며 말했다.

"왜?"

까칠한 말투. 매력적이다.

"내일 저녁에 시간 있어?"

"시간? 웬 시간?"

이번에는 수아가 대꾸를 한다. 이봐. 넌 좀 빠져 있으라고.

"어제 진구가… 그 자식이 말실수를 했잖아. 민망해서, 원."

"그래서 뭐?"

다시 가시를 세운다.

"미안해서. 미안하다는 뜻에서 진구가 햄버거 쏜대."

"됐거든!"

"사과는 받아 줘야지. 진구가 정말 미안하대."

윤정이는 나를 노려보며 말이 없다. 망설이는 거다. 사과까지 안 받아 주면 치사한 인간이 될테니. 이럴 때 못 빠져나가게 쐐기를 박아야 한다.

"나도 학원 가야 해. 일곱 시까지는 가야 하니까 그 전에 얼른 먹자. 나랑 진구랑 둘이 갈 거야. 너도 수아랑 와."

"……."

윤정이는 할 말을 못 찾은 듯 입을 꾹 다물었다.

"내일 교문 앞에서 보자."

나는 대답을 듣지도 않고 대화를 끝냈다. 윤정이는 떨떠름한 표정으로 자리로 돌아갔다. 물론 진구는 햄버거를 사겠다고 한 적이 없다. 다 내 똑똑한 머리에서 나온 계획. 진구는 끌고 가면 따라와 생각 없이 햄버거나 먹고 앉아 있을 거다. 돈을 좀 써야 하지만 윤정이랑 커플이 될 수만 있다면야 아깝지 않다. 미안해서 햄버거 좀 사겠다는데, 게다가 친구랑 같이 오라는데 계속 싫다고 하면 괜히 더 이상한 애가 된다. 이렇게 밖에서 몇 번 만나다 보면 정 드는 건 시간문제.

"현승아, 넌 누구 좋아해 본 적 있이?"

진구, 수아, 윤정이, 그리고 내가 마주 앉은 학교 앞 패스트푸드점. 윤정이는 와퍼주니어를 다 먹고 남은 포장지 모서리를 딱딱 맞추어 반듯이 접고 있었다. 그러다가 불쑥 질문을 던진 것이다. 어쭈, 단도직입적으로 나오시겠다? 나는 마른침을 한 번 삼켰다. 결정적 순간.

"지금도 누굴 좋아하고 있지."

나는 윤정이를 똑바로 쳐다보며 말했다. 윤정이와 내 눈빛이 허공에서 부딪혔다. 불꽃이라도 튈 것 같다. 내 심장도 덩달아 쿵쿵거린다. 윤정이는 더 이상 내 시선을 감당하기 어려웠는지 가볍게 한숨을 내쉬고 고개를 돌려 진구에게 물었다.

"진구야 넌?"

진구는 우리의 심각한 분위기 따위는 전혀 눈치 못 채고 열심히 감자튀김을 케첩에 찍어 먹다가 윤정이의 질문에 고개를 들었다.

"나? 난 뭐 별로 그런 적 없는데."

"그래? 얼른 먹고 가자. 학원 늦겠다."

윤정이는 고개를 푹 숙이고 콜라 빨대를 쪽쪽 빨았다. 나랑 눈을 마주치는 게 부담스러워진 거다. 부담스러움, 어색함, 부끄러움 그런 감정이 생기기 시작했다면 반 이상은 된 거다. 한 달 동안 공들인 보람이 있다. 늦기 전에 대시를 해야 한다. 중요한 건 역시 타이밍. 언제가 좋을까? 현장 체험 학습이 다음 주. 서울랜드에 간다고 했다. 고등학생이 서울랜드라니 시시하다. 하지만 봄 그리고 놀이공원. 사랑 고백에는 최적이다. 내가 윤정이랑 사귄다는 걸 알게 되면 다들 놀라 자빠질 거다.

"남자 애들은 그런 여자 어떻게 생각해? 좋아하는 사람한테 적극적으로 다가가고 자기감정에 솔직한 여자 말이야."

윤정이가 빨대로 콜라를 쪽 소리나게 한번 빨더니 물었다. 설마 먼저 고백을 하려는 거야? 그럼 너무 싱거운데. 아냐 아냐, 그것도 나쁘지 않지. 천하의 하윤정이 배현승한테 먼저 고백했다고 전교에 소문나는 것도 괜찮지.

"난 잘 모르겠어. 나는 안 좋아하는데 여자애가 막 다가오면 좀 부담스러울 거 같아."

진구의 대답에 윤정이와 수아가 고개를 끄덕였다. 걱정마라 진구야, 너한테는 그런 일 안 생긴다.

"현승이 너는 워낙 인기 많잖아. 너는 어때?"

이건 뭐, 청문회도 아니고. 이럴 때는 살짝 겸손하게.

"그냥 다 친하게 지내는 친구들이지 뭐. 윤정이야말로 남자 애들한테 인기 많잖아?"

"그럼 뭐하니? 정작 윤정이는……."

"야, 김수아. 그만해."

윤정이가 수아의 말을 끊었다. 분위기가 싸하다. 뭐지 이건? 윤정이가 나를 좋아하는 걸 수아도 알고 있는 건가? 어휴, 여자 애들이란.

"이제 가자, 수아야. 진짜 학원 늦겠다. 진구야 잘 먹었어. 고마워."

"어? 어, 그래."

동전 하나 안 쓰고 햄버거를 쏜 통 큰 녀석이 된 진구는 윤정이의 말에 당황해서 마시던 콜라를 뿜을 뻔했다. 흉한 놈. 윤정이가 서둘러 자리를 정리했다. 수아도 일어나 가방을 챙겼다. 그러더니 둘이 팔짱을 꼭 끼고 패스트푸드점을 빠져나갔다. 윤정이의 뒷모습에, 흰 목덜미에 자꾸 눈이 간다. 윤정아 조금만 기다려라. 내가 멋지게 대시 해 주마. 전교생이 부러워하는 커플이 한번 되어 보자.

봄 소풍까지 일주일. 배송 기간을 감안하면 오늘 주문을 해야 주말 전에 도착할 거다. 남은 용돈은 5만원. 목걸이와 커플 팔찌 사이에서 엄청 갈등했다. 5만원이면 제법 괜찮은 목걸이를 살 수 있다. 하지만 윤정이 혼자 새 목걸이를 걸고 다녀서는 커플이라는 것이 소문날 리 없다. 우리가 사귄다고 윤정이가 제 입으로 말하고 다니리라는 보장도 없다. 하지만 커플 팔찌라면 자연스럽게 소문이 날 거다. 탄생석이 가운데 박힌 가죽 커플 팔찌가 가장 마음에 든다. 윤정이는 1월, 탄생석은 가넷. 나는 5월 에메랄드. 상품 정보 페이지를 얼마나 들여다봤는지 이제 눈을 감아도 화면이 떠오른다. 자, 이제 결제만 남았다.

나는 한 단계 한 단계 천천히 결제를 진행했다. 중간고사도 이렇게 신중하게 풀지는 않을 거다. 결제가 진행될수록 윤정이와 가까워지는 것 같은 느낌적인 느낌! 나는 잠깐 고개를 들어 옆 분단을 바라보았다. 점심을 다 먹은 윤정이가 창가에 서서 친구들과 이야기를 나누며 환하게 웃고 있다. 그 주변에서 오로라가 피어오르는 것 같다. 마지막 결제 버튼을 누르면 엄마 이름으로 된 내 용돈 체크 카드에서 44,000원이 빠져 나갈 거다. 자 누르자.

그때였다.

"형. 뭐해요? 형 애인 있어요?"

머리통 하나가 핸드폰 위로 쓱 올라왔다. 나는 소스라치게 놀라 벌떡 일어났다.

"어! 너너너…… 지금 뭐야?"

그 꼬꼬마 녀석이다. 나는 당황해서 할 말을 잃었다.

"형은 애인도 있고 인생 살 만하네요."

목소리도 참 우렁차다. '애인'이라는 단어가 귀에 걸렸는지 멀리서 윤정이가 힐끗 이쪽을 돌아본다. 머리털이 쭈뼛 선다. 나는 녀석의 손목을 잡아끌고 복도로 나갔다.

"너 이 자식 다시는 찾아오지 말라고 했지!"

녀석은 느긋하게 자기 폰을 들이민다. 그 사진. 내가 지워 버린 사진이 내 눈앞에 있다. 중학교 2학년 동아리 축제 때 찍은 사진. 다시는 보고 싶지 않은 사진. 나란히 선 여덟 명 중에 내가 가장 작다. 제일 못생겼다. 부푼 찐빵 같다. 뭐가 좋다고 웃고 있냐.

"사진 한 장 지운다고 과거가 사라지나요?"

녀석이 약 올리듯 말했다.

"도대체 어디서 난 거냐. 이 사진은?"

"유나 누나가 보내 줬어요. 유나 누나랑 영미 누나랑 친했잖아요. 영미 누나는 형이랑 같은 동아리니까 당연히 이 사진이 있고, 영미 누나가 유나 누나한테 이 사진을 예전에 보냈고, 유나 누나는 우리 집 바로 위층에 살고 나랑 같은 성당에 다니니까 내 걱정을 듣더니 형을 찾아가 보라면서…….”

녀석은 계속 떠들어 댔는데 나는 사실 ‘유나’라는 이름을 듣자마자 가슴 한 구석을 송곳으로 푹 찔린 것 같아 뒤의 말들이 들리지 않았다. 유나, 유나라니.

“뭐냐? 그 부탁이라는 게.”

나는 녀석의 말을 자르며 물었다. 내 말에 녀석의 얼굴이 밝아졌다.

“형! 고맙습니다.”

“누가 들어준대? 일단 뭔지 말해 봐.”

“형, 저는 1학년 윤동식이라고 해요. 저 미니어처 만드는 거 엄청 좋아하거든요. 그래서 미니어처 동아리에 들어갔는데 제대로 가르쳐 줄 선배가 없어요. 그래서 애들이 다 나가요. 부원이 다섯 명 이하면 동아리 없애야 된대요. 지금 딱 다섯 명이에요. 이달 안에 새 부원이 안 들어오면 문 닫아야 돼요. 형 미니어처 짱 잘 만든다면서요. 점토 표현이 죽인다던데요. 형이 만든 치킨 진짜 먹음직스럽다고. 내가 너무 속상해 하니까 유나 누나가 형 찾아가 보라고 했어요.”

“그니까 지금 너 나보고 미니어처 동아리에 들어오라는 거냐?”

“네. 바로 그 말이죠.”

동식이는 해맑게 웃으며 고개를 끄덕였다.

“가라. 못 들은 걸로 할 테니까.”

돌아서자 녀석이 내 옷소매를 잡아당겼다.

“형. 제발요.”

“안 만든 지 오래 되었어. 이제 못해.”

“예술적 재능이라는 게 쉽게 사라지나요? 형도 만들고 싶어서 손이 근질근질하잖아요.”

예술적 재능? 어이가 없어 헛웃음이 났다. 나는 걸음을 멈추고 녀석의 눈높이까지 고개를 수그렸다.

“니가 아직 어려서 모르나 본데 세상에는 즐거움이 아주 많단다. 그렇게 좀스러운 거 말고도 재미있는 게 널렸다구. 너도 얼른 그 장난감 같은 거 졸업하고 어른의 세계로 오너라.”

나는 검지로 동식이 이마를 두어 번 톡톡 쳤다. 그리고 진짜 돌아섰다.

“형, 그건 장난감이 아니에요. 하나의 세계라고요.”

녀석은 화가 난 듯 꾹꾹 눌러 말하더니 내 주머니 속에 종이 한 장을 구겨 넣었다.

“그 세계가 필요한 순간이 있을 걸요. 제 전화번호예요. 맘 바뀌면 연락하세요."

녀석은 나를 지나쳐 앞으로 달려갔다. 점점 작아지는 모습
이 꼭 미니어처 같다. 애처롭다. 친구가 없으니 장난감에 매달
리는 거겠지. 미니어처라니. 이미 지나온 시간이다. 돌아갈 일
없다. 나는 바삐 교실로 들어갔다. 점심시간이 끝나기 전에 팔
찌 결제를 해야지.

결전의 날. 아이들이 흩어질 무렵 윤정이에게 잠깐 따로 보
자는 톡을 보냈다. 그러겠다는 답이 금방 왔다. 나는 마지막으
로 약속 장소 근처의 화장실에 들어가 거울에 내 모습을 비추
어 보았다. 얼마 전 새로 산 청바지에 옅은 민트색 티셔츠가
깔끔하다. 딱 윤정이가 좋아할 스타일! 가방 앞 주머니에 자꾸
손이 간다. 어젯밤 배송 온 스와로브스키 탄생석 가죽 팔찌 두
개가 들어 있다. 배가 간질간질하다. 잘 될 거다. 엇, 핸드폰 진
동이다. 윤정인가 보다. 나는 얼른 화장실 밖으로 나갔다.

"왜 보자고 한 거야?"

벤치에 나란히 앉자마자 윤정이가 시침을 뚝 떼고 물어왔
다. 다 알고 있으면서, 내가 고백하기 기다리고 있으면서 내숭
떨기는.

"할 말이 있어서."

살짝 수줍은 척 고개를 숙이는 나.

"뭐?"

"저기, 우리 사귀지 않을래?"

나는 고개를 들어서 윤정이를 똑바로 쳐다보며 물었다. 윤정이가 아무 말 없이 나를 빤히 쳐다본다. 윤정이의 까만 눈동자에 어떤 감정이 차오르고 있다. 수줍음? 기쁨? 설렘? 대답을 강요하면 안 된다. 잠깐 그 새로운 감정을 충분히 느낄 수 있는 여유를 주어야 한다. 그리고 그 감정을 극대화 시켜야지. 나는 가방에서 말없이 커플 팔찌가 들어있는 상자를 꺼내 열었다. 두 개의 팔찌가 나란히 놓여 있다. 그리고 반짝이는 가넷과 에메랄드. 나는 윤정이의 오른손을 잡아 손바닥을 위로 가게 한 다음 그 위에 팔찌를 올려 놓았다. 이런 식으로 살짝 시도하는 스킨십.

"별 건 아닌데, 내 마음이야."

여기서 내가 먼저 팔찌를 채워 준다던지 하면 안 된다. 좀 있으면 윤정이가 해 달라고 할 테니까. 타이밍, 이게 중요하단 말이다.

윤정이는 팔찌가 놓인 제 손을 물끄러미 바라보고 있다. 시간이 흐른다. 또 흐른다. 침묵이 길다. 혀가 타들어 가는 것 같다. 초조해 하지 말자. 질문을 더 던져서도 안 된다. 기다리자.

기다리자. 나는 느긋한 척 팔짱을 끼고 벤치에 등을 기댔다. 그리고 눈을 감았다. 그런데, 앗? 이 느낌은?

윤정이가 내 손을 잡았다! 이렇게 적극적으로 나오다니! 역시 윤정이다! 나는 번쩍 눈을 떴다. 윤정이의 오른손에는 여전히 팔찌가 놓여 있었고 윤정이의 왼손은 내 오른손 손목을 잡고 있었다. 이럴 땐 어째야 하나? 어쩌긴 뭘 어째? 가만히 있어야지. 어? 근데 지금 얘가 뭘 하는 거야? 윤정이는 잡고 있던 내 오른손을 손바닥이 위로 가도록 뒤집더니 자기 오른손에 놓인 팔찌를 내 손바닥 위에 올려 놓았다. 지금, 채워 달라는 건가?

"야, 배현승."

여전히 까칠한, 왠지 연민이 가득한 목소리다. 뭔가 이상하다. 이 느낌은 뭐지?

"어?"

나는 좀 어정쩡하게 대답했다.

"너, 진짜로 누구 좋아해 본 적 없지?"

얘가 지금 무슨 소리를 하는 거야?

"여잘 사귀어 본 적은 있겠지. 연애 말고 사랑, 해 본 적이 있냐구."

사귀면 연애고 연애면 그게 사랑이지, 도대체 무슨 소리를 하는 거야? 이런 어이없는 질문에 대처하는 매뉴얼은 없었다. 나는 어리벙벙해졌다.

"좋아하는 애 때문에 가슴 아파 본 적 있냐구? 떨려서 가까이 다가가지도 못하고 마음 조여 본 적 있냐는 말이야. 니가 진작부터 나랑 사귀고 싶어 했다는 거, 자꾸 내 근처를 맴돌았다는 거 알아. 하지만 그건 날 사귀어 보고 싶은 거지 날 좋아해서는 아니잖아? 키 크고 옷 잘 입고 잘생긴 너랑 사귀면 여자애들이 다 부러워하겠지? 물론 너랑 사귈 수는 있어. 아까 잠깐 그런 생각을 했어. 내가 좋아하는 녀석은 내 마음도 모르는데 너랑 사귀어 버릴까. 하지만 그건 다 가식일 뿐이야. 떨림이 없으니까. 그런 건 싫어. 사랑은 게임이 아니라 떨림이라구."

윤정이는 자리에서 일어나 바지를 툭툭 털었다. 반짝이는 가넷이 달린 가죽 팔찌는 내 손바닥 위에 있다. 윤정이는 동생에게 하듯 내 등을 토닥거리며 말했다.

"이제 곧 너한테도 사랑이 찾아 올 거야. 원래 남자애들이 좀 늦으니까. 그때 정 힘들면 연락해도 좋아. 나 먼저 간다."

얘가 지금 뭐라는 거야? 그리고 어딜 가는 거야? 잠깐 사이 윤정이는 벌써 저만치 가 버렸다. 팔랑팔랑 내 무릎 위로 벚꽃잎 한 장이 떨어졌다.

봄은 모든 걸 바꾼다. 공기는 달콤하고 바람은 부드러워진다. 멀리 보이는 앞산도 나날이 여러 색을 머금는다. 모든 게 자기만의 색을 찾아 직선으로 뻗어나가는 계절. 난 이불을 돌돌 말아 누에고치처럼 몸을 웅크리고 누워 발가락만 꼼질거리고 있다. 토요일 아침. 잠에서 깬 건 한참 전이지만 아직 이불 속. 배가 고프다. 하지만 방밖으로 나가지 않는다. 냉장고 앞에서 엄마를 마주치는 건 싫다. 무슨 일이냐며, 잘생긴 얼굴이 상했다고 호들갑 떠는 걸 보는 건 더 싫고.

지난 보름, 사람 꼴이 아니었다. 먹어도 먹은 게 자도 잔 게 아니었다. 차이다니. 내가 차이다니 도저히 믿을 수 없었다. 진짜 믿을 수 없는 일은 내가 고백을 한 다음 날 일어났다. 여자애들의 속닥거림으로 알게 되었다. 윤정이가 중학교 때부터 오랫동안 좋아해 온 애가 진구라는 사실을! 세상에 어떻게 진구를! 더럽고, 땀 냄새 나는, 흉한 놈 진구를! 충격에 휩싸였다. 이틀 후, 윤정이는 진구에게 고백을 했고 둘은 정식으로 사귀기 시작했다. 더욱 놀라운 일은 그 다음에 일어났는데, 그 지저분한, 코딱지나 파고 먹을 거나 밝히는 진구 놈이 스마트한 훈남으로 바뀌더란 말이다! 윤정이랑 사귄 지 일주일쯤 되던 날 진구는 나에게 다음과 같은 말을 남겼다.

"야, 나는 내가 좀 멋진 남자로 바뀌어야 사랑을 할 수 있을

줄 알았는데, 그게 아니더라. 사랑을 하니까 저절로 멋진 남자
가 되던 걸."

에이, 팔푼이 같은 놈. 의리 없는 배신자 놈. 어디 둘이 잘 먹
고 잘 살아라. 억울하고 서운하고 쪽팔린 마음이 사라지지 않
는다. 나는 이불을 머리끝까지 한 번 더 덮어썼다. 싹 사라지고
싶다. 완전히 녹아내린 다음 흔적도 없이 흡수되어 버렸으면.

그때, 갑자기 방문 열리는 소리가 났다.

"야! 젊은 놈이 뭐하는 거야."

헉, 이모다. 태권도 사범 출신 무적의 이모. 이불 속의 나를
무슨 쓰레기봉투 걷어차듯 툭툭 친다. 도대체 이건 또 무슨 시
련이란 말인가.

"오빠! 뭐해? 나랑 놀자"

이건 또 뭐야? 현주잖아? 여섯 살 막무가내 현주. 자기 마음
에 안 들면 그냥 깨물어 버리는 작은 괴물. 이 녀석은 내 몸통
위로 올라와 나를 흔들어 댄다.

"오빠! 오빠!"

견뎌야 돼. 이 시련은 곧 끝날 거야.

"야, 너 현주랑 좀 놀고 있어. 이모 어디 좀 가 봐야 돼."

아, 이건 지옥이잖아. 실연의 상처로 썩어가는 나한테 애까
지 보라고? 나는 어쩔 수 없이 이불을 홱 젖히고 벌떡 일어나

외쳤다.

"이모 뭐야! 나 지금 힘들다고!"

"아이고, 말짱하시구먼."

"엄마는?"

"야, 아들놈이 오늘 아빠 엄마 건강검진 간 것도 몰라?"

"아!"

맞다. 엄마가 며칠 전에 말했던 것 같다. 아빠가 평일에 도저히 휴가를 낼 수 없어 토요일에 건강 검진 간다고. 아, 그럼 배고픈데 참고 있을 이유가 없었네. 머리가 나쁘니 위장이 고생. 차여도 싸다 싸.

"야, 바쁘니까 일단 이거 받아."

이모는 내 눈앞에서 오만 원짜리 한 장을 흔들어 댔다. 나는 저절로 그걸 받아들었다. 아니 돈이 내 손에 와서 붙었다는 편이 맞다. 의지 따위 없었다.

"너 돈 받은 거다. 현주 잘 봐줘라. 세 시간이면 돼."

"어? 이모! 이모!"

이모는 뒤도 안 돌아보고 나가 버렸다.

이건 또 무슨 날벼락인지 모르겠지만 일단 부엌에 가서 라면을 끓였다. 배고프면 아무것도 못하니까. 찬밥까지 말아 배

불리 먹고 뱃속이 뜨듯해지니 다 귀찮다. 다시 이불 속으로 들어가고 싶다. 그런 마음을 알아챘을까? 티비 잘 보고 있던 현주가 식탁을 정리하고 있는 내게 와 다리에 매달린다.

"오빠. 나랑 놀자."

나는 슬쩍 현주를 밀어낸다.

"가서 텔레비전 봬."

"재미있는 거 안 한단 말이야."

"가서 그냥 만화 보라니까."

"싫어. 싫다구!"

그때였다. 종아리에 불이 나는 것 같았다.

"아아악! 너! 너! 누가 오빠 깨물래!"

"으아아앙! 놀아 준다고 우리 엄마한테 돈도 받았잖아. 놀아 줘!"

아, 빠져나갈 수가 없구나. 알았어. 알았다고. 나는 현주를 안아 올려 달랬다. 세상에 공짜가 없구나.

"뭐할까? 오빠가 뭐해 줄까?"

현주는 의기양양하게 대답했다.

"오빠, 나 나비 만들어 줘."

"나비?"

"응. 색종이로. 나비."

"아, 색종이. 그래 만들어 줄게."

나는 방에 들어가 책장 구석에서 종이접기 책을 꺼냈다. 책상 서랍에서는 색종이를 꺼내고. 그 둘을 가지고 거실 바닥에 앉았다.

"자, 어디 보자. 나비."

종이접기 책에서 나비 페이지를 찾는다. 순서대로 종이를 접는다. 모서리를 맞대고 손가락으로 꾹 누르는데 불쑥 윤정이 목소리가 끼어든다.

'좋아하는 애 때문에 가슴 아파 본 적 있냐구.'

나는 그 목소리를 지우려고 고개를 세차게 흔든다.

"오빠, 왜 그래? 어디 아파?"

현주가 걱정스럽게 묻는다.

"아니야. 하나도 안 아파. 오빠가 나비 거의 다 접었다. 봐봐."

다시 들려온다.

'떨려서 가까이 다가가지도 못하고 마음 조여 본 적 있냐는 말이야.'

나는 고개를 더 세차게 흔든다.

"오빠. 아파?"

"아니야. 현주야, 여기 봐. 나비."

나는 다 접은 나비를 현주에게 건넸다.

"와! 나비다. 나비! 노랑나비!"

현주는 나비를 한손에 들고 진짜 나비가 날아가는 것처럼 팔랑팔랑 흔들며 온 방을 뛰어다녔다. 나는 잠깐 동안 가만히 그 모습을 지켜보았다. 그러다가 불쑥 나도 모르게 말이 튀어 나왔다.

"현주야, 오빠가 더 멋진 나비 만들어 줄까?"

왜 나왔을까? 이 말.

"응! 응! 너무 좋아! 만들어 줘. 더 멋진 나비."

나는 심호흡을 했다. 들이쉬고 내쉬고. 들이쉬고 내쉬고. 나는 내 방으로 들어갔다. 그리고 옷장 문을 열었다. 어수선하게 걸려있는 옷들을 젖히면 안쪽 구석에 상자가 하나 있다. 농심 신라면 멀티팩이라고 쓰인 상자. 그날 이후 한 번도 안 열어 본 상자. 상자 안에는 각종 미니어처 도구가 있다. 그리고 입구를 스테이플러로 세 번 찍어 열리지 않게 잘 막아 놓은 노란색 쇼핑백 하나가 들어 있다. 노란 쇼핑백 안에 들어 있는 것은 작은 화실 모양 미니어처. 꺼내서 보지 않아도 선하다. 밝은 햇살이 비쳐 들 만한 커다란 창과 창틀 위 화분. 나무 이젤과 둥근 파레트. 그림을 그리며 음악을 들을 수 있는 오디오와 한 마리 고양이. 그리고 마주 보고 앉아 차를 마실 수 있는 티 테이블. 내가 너에게 주고 싶던 세계. 가슴이 저려왔다. 젠장.

나는 상자를 꺼내 현주가 있는 거실로 가지고 나왔다.

"와, 오빠 이게 뭐야?"

나는 말없이 상자를 열었다. 스카치 테이프로 붙여 놓은 가운데 부분에 칼날 끝이 탁, 하고 가 닿자 마음 어딘가에도 스윽 하고 실금이 간다. 어떤 시간의 봉인 해제. 두근. 쿵. 상자를 열자, 제일 먼저 눈에 들어온 건 역시 한쪽 모서리에 얌전히 놓여 있는 노란색 쇼핑백이다. 그대로다. 그 주변으로 수지점토, 천사점토, 바니쉬, 밀대, 도트 봉, 핀셋, 붓. 아크릴물감 등이 정돈되지 않은 채 널부러져 있다. 나는 새 천사점토 한 개를 꺼냈다. 뚜껑을 열고 쑥 손가락을 열어 점토를 한덩이 떼어 냈다. 순간 숨이 멈추었다. 나는 떼어낸 점토를 만지작거리기 시작했다. 손가락의 힘에 따라 덩어리는 형체가 된다. 생겨나고 사라진다. 나뉘고 합쳐진다. 마법이다. 손끝에서부터 잊고 있던 미세한 기쁨이 온몸으로 퍼졌다. 주무르고 뜯고 붙이고 메우고. 5분 만에 날아갈 듯 나비 한 마리가 태어났다. 내가 봐도 잘 만들었다. 이 좀스러운 재능은 사라지지도 않는구나.

"진짜 나비다! 진짜 나비!"

현주 손에 쥐어 주자 좋아서 난리다.

'예술적 재능이라는 게 쉽게 사라지나요? 형도 만들고 싶어서 손이 근질근질하잖아요.'

귀신이 들렸나. 이번에는 동식이 그 자식 목소리가 귓가에 울린다. 나는 책상 위를 뒤져 녀석이 주머니에 쑤셔 넣었던 종이 쪽지를 찾아낸다. 폰을 켠다.

'너네 집 어디냐?'

카톡을 보내자 바로 답이 온다.

'누구세요?'

'나 2학년 배현승.'

'와 형. 미니어처 부 들어오시는 거죠? 그럴 줄 알았어요.'

'헛소리 집어치고 집 주소나 대.'

'네? 주소는 왜요?'

'잔말 말고 불어. 지금 안 불면 영영 국물도 없다.'

'세경아파트 101동 1203호요.'

'그러니까 유나 101동 1103호에 산다는 거?'

그런데 지금 나는 왜 이런 걸 물어보고 있는 거지?

무언가를 안다는 건 위험한 일이다. 몇 시간 전까지만 해도 나는 이 노란 쇼핑백이 유나에게 전달될 가능성에 대해서 단 1도 상상해 본 적이 없다. 그런데 유나네 동 호수를 알고 나서 모든 게 달라졌다. 이제 와서 왜? 모르겠다. 나는 두 시간 째 책상에 앉아 쇼핑백을 노려보고 있다. 어쩌란 말이야? 이 울렁거림은 뭐냔 말이냐? 왜 윤정이에게 줄 탄생석 팔찌를 살 때만큼 간단해지지 않는 거지? 저 노란색 쇼핑백. 눈앞에서 치워버려야겠다. 어디 쓰레기통에라도 처박고 와야겠어.

어느새 깊은 밤, 식구들이 모두 잠들었다. 나는 모자를 푹 눌러쓰고 집을 나섰다. 한손에는 쇼핑백을 들고. 쇼핑백 안에는 2년 전 봄 내가 유나에게 주려고 만들었던 선물이 들어 있다. 화실 모양의 미니어처. 패키지가 아니라 일일이 직접 디자인해서 만들었기 때문에 시간도 품도 많이 들었다.

그 애가 그림을 그리고 있는 걸 보는 게 좋았다. 미니어처부는 미술반이랑 동아리 실을 같이 썼다. 가끔 방과 후에 어쩌다 둘이만 남게 되는 경우가 있었다. 동아리실에서 유나는 그림을 그리고 나는 미니어처를 만들고 있으면 숨 막히도록 시간이 빨리 흘렀다. 우린 아무 말없이 각자의 작업을 했지만 유나가 붓을 쓰는 소리, 재료를 다루느라 달그락 거리는 소리는 마치 내게 말을 거는 것 같았다. 안녕, 오늘은 무얼 만드니? 나도 너랑 같이 있는 게 좋아, 라고. 눈을 감아도, 책을 펴도, 밥을 먹어도 유나 생각이 났다.

헉. 어느새 세경아파트 단지 입구까지 와 버렸다. 분명히 집 앞 공원에 있는 쓰레기통에 처박으려고 들고 나왔는데, 왜 여기까지 온 거지? 나는 건물이 세 동 뿐인 작은 아파트 단지를 휘 둘러보았다. 어린이 놀이터 옆 운동기구 위에서 세차게 팔을 흔들고 있는 검은 트레이닝복 차림의 한 사람이 보인다. 심장이 쿵쾅거린다. 내가 무슨 짓을 하려는 걸까. 여기도 쓰레기통은 있어. 버려. 버리자고! 그런데 왜? 나는 101동 입구로 걸어 들어가고 있다. 미친 거 아니야? 그리고 엘리베이터 버튼을 눌렀다. 내가 지금 뭘 하고 있는 거지? 말없이 숫자 버튼을 바라본다. 마치 영혼은 빠져나가고 껍데기만 남아 저절로 움직이는 것 같은 내 몸. 스르륵. 다른 세계로 초대하듯 문이 열린다. 나는 엘리베이터 안으로 들어간다. 떨리는 손으로 숫자판을 누른다. 11. 꾹. 문이 닫히고 숫자가 바뀐다. 땡.

나는 1103호 앞에 가만히 쇼핑백을 내려놓는다. 그리고 바람처럼 뒤돌아 엘리베이터 앞으로 돌아온다. 엘리베이터는 아직 11층에 있다. 얼른 1층으로 내려온다. 잰걸음으로 아파트 단지를 빠져나온다. 나는 단지 앞 편의점에서 콜라를 하나 샀다. 파라솔 의자에 앉아 벌컥벌컥 들이켰다. 나는, 미친 걸까? 이 모든 일이 어떻게 순식간에 일어난 건지, 이해가 안 간다. 나는 내 양손을 바라본다. 짧게 깎은 손톱. 왼손 손등 위 작은 상처. 왼손보다 좀 짧은 오른쪽 새끼손가락. 유나를 위해 미니어처를 만든, 그걸 상자에 넣어 봉인해 버린, 그리고 윤정이에게 커플 팔찌를 준, 그리고 지금 유나네 집앞에 쇼핑백을 놓고 온 그 손. 나의 손. 나는 한동안 멍하니 내 양손을 바라봤다. 정신을 좀 차리고 나서 폰을 꺼내 카톡창을 열었다.

'동식아 부탁 좀 하자.'

핸드폰을 보고 있었는지 동식이에게 바로 답이 왔다.

'네?'

'부탁 좀 하자고오!'

'제 부탁은 안 들어 주셨잖아요.'

'일단 좀 들어 줘.'

'뭔데요.'

'비밀 지킬 수 있냐. 학교에서 떠벌거리지 말라고.'

'뭔데요.'

'유나한테 톡 좀 보내 줘. 지금 현관문 열면 작은 쇼핑백이 있으니 그것 좀 가지고 들어가라고.'

'유나 누나한테요? 왜요?'

'더 이상 묻지마라.'

잠시 화면 정지. 이 자식 무슨 생각을 하는 거야.

'목요일 4시요.'

'뭐가?'

'동아리 모임이요.'

'안 한다니까!'

'그럼 나도 안 해요.'

아, 이 자식 봐라!

'알았어. 알았다고.'

'뭘 알아요?'

'간다고. 동아리 모임. 목요일 4시. 이 끈질긴 놈!'

'헤헷 벌써 연락했어요. 누나가 가지고 들어갔대요.'

덜컹. 뱃속에서 쇳덩이 하나가 떨어진다.

'고맙다.'

'고맙긴요. 목요일 4시. 3층 동아리방으로 오세요.'

터덜터덜. 천천히 집으로 걸어 돌아오면서 그날을 떠올린다.
마지막 바니쉬를 칠하고 화실을 건조 중이었다. 이제야 끝난
것이다. 어깨와 목이 뻐근해서 잠시 팔을 돌리다가 책상 위에
둔 핸드폰 불빛이 반짝이는 걸 봤다. 카톡 표시. 별 생각 없이
창을 열었다. 우리 반 단톡이었다. 빨간 동그라미 숫자 5. 습관
적으로 터치했다.

'현승이 걔 유나 주려고 그거 만드는 거 맞지?'

'바보 아니냐? 좀스럽게 미니어처가 뭐야?'

'그런 걸 유나가 좋아할 거라고 생각하나 보지?'

'키도 작고 못생긴 찌질이가 눈은 높아가지고.'

'헉. 나 몰라. 미쳤나 봐. 여기 우리 반 단톡이었어?'

그 뒤로 침묵.

톡을 보낸 사람은 미영이. 아마 친한 여자애들끼리 쓰는 단
톡과 반 전체 단톡을 헷갈렸던 듯. 나는 폰을 껐다. 손이 조금
떨렸다. 나는 한동안 가만히 앉아 있었다. 우리 반 스물세 명
이 한꺼번에 나를 밟고 지나가는 기분이었다. 폰을 껐는데도
밟힘은 계속되었다. 나는 찢어지고 있었다. 이제 무얼 해야 하
지? 나는 가방 안의 물건을 다 빼고 완성된 화실 미니어처를
그 안에 넣었다. 아무도 볼 수 없게. 나는 며칠에 걸쳐 미니어
처 도구들을 상자에 담아 집으로 옮겼다. 그리고 옷장 깊숙한
곳에 넣었다. 그게 2년 전 봄. 2년이나 흘렀는데 이렇게 생생
하게 떠오르다니. 윤정이는 내게 언젠가 사랑이 찾아 올거라
고 했는데, 그때 나는 이미 첫사랑이 온 줄도 모르고 보내 버
렸구나. 그때 그토록 열심히 미니어처 화실을 만들던 나. 그 순
간만큼은 작고 못생기고 찌질한 줄도 모르고 그저 기뻤다. 그
시절 키 작고 못생긴 찌질한 배현승이 미치도록 안쓰럽다. 너

무나 그립다. 누구보다도 소중하다.

"야, 너라면 이런 라멘 집 들어가겠냐? 설명서 나와 있는 대로 한다고 다 되면 아무나 하게? 공간에 생명을 불어넣으란 말이야. 아, 들어가 보고 싶다. 이런 느낌이 들어야지."

목요일 오후 3시50분, 동식이는 동아리실에서 혼자 라멘 집 만들기에 여념이 없었다.

"형! 왔구나! 고마워요."

동식이는 벌떡 일어나 내 목을 끌어안는다.

"아, 징그러! 떨어져."

"아 참, 유나 누나가 고맙다고 전해 달래요."

나는 말없이 동식이의 머리를 헝클어트렸다. 문이 열리며 동아리 부원인 듯싶은 세 명이 들어왔다. 동식이가 들떠서 떠들어 댄다.

"얘들아! 이제 됐어. 인사해. 2학년 현승이 형이야. 우성중 미니어처 부 마이더스의 손! 형이 들어왔으니 이제 걱정 없어!"

너스레를 떠는 동식이의 어깨 너머 창 밖으로 마지막 남은 벚꽃 잎 몇 개가 팔랑거리며 떨어졌다. 봄이 다 간 것이다.

하루에 수천 번 아니 수만 번

1. 뭘 먹을까?

"저거 한 입 먹어 볼 수 있어요?"

"네, 잠시만요."

점원이 색색의 아이스크림 통이 가득 들어 있는 냉장고의 덮개를 열더니 팔을 쭈욱 뻗어 시식용 스푼으로 살짝 긁었다. 평평한 아이스크림 위에 난 스푼 자국이 아무도 밟지 않은 눈 위의 첫 발자국처럼 작고 선명했다. 나는 점원이 건네주는 스푼을 받아 입에 물었다.

"이번에 새로 나온 신제품인데요. 바닐라 베이스에 산뜻한

레몬향이 첨가돼서 많이들 좋아하세요."

새콤한 맛이 입안에 시원하게 퍼졌다. 하지만 끝 맛이 너무 달고 끈끈하다. 화사한 색이 주던 첫 느낌과는 다르다.

"저기, 그 옆에 것도."

"유밀! 너 또 시작이냐? 얼른 하나 대강 골라가지고 와라. 응?"

내가 두 번째 시식을 하려고 했을 때 등 뒤에서 주희 목소리가 들려왔다. 성질 급한 주희는 들어오자마자 늘 먹던 체리쥬빌레를 갈등 없이 선택하고 창가에 자리를 잡았다. 벌써 아이스크림의 1/3쯤 먹어 치웠을 거다. 안 봐도 뻔하다. 나는 고개를 돌리지 않고 꿋꿋하게 점원이 내미는 두 번째 스푼을 입에 넣었다. 나쁘진 않은데, 음.

"이걸로 드릴까요?"

기다렸다는 듯 점원이 물었다. 이걸로 먹을까? 아니다. 또 막상 이걸 고르자니 아쉽다. 고르고 나면 후회할 것 같다. 아까부터 초콜릿이 먹고 싶었으니 초콜릿 아이스크림이 어떨까? 나는 냉장고 다음 칸으로 걸어갔다. 점원도 나를 따라 걸어온다. 초콜릿, 초콜릿무스, 초콜릿칩, 카라멜 초코 크런치, 윈터 화이트 초콜릿. 종류도 다양하다. 하지만 초콜릿으로만 된 아이스크림은 너무 달다. 입안이 텁텁해질 게 뻔하다. 그렇다면?

상큼하면서도 초콜릿이 씹히는…… 음 뭐가 있을까? 그래, 민트 초코칩이면 좋을 것 같다.

"저기, 민트 초코칩 싱글컵으로 하나 주세요."

"결국 그거 먹을 거면서 뭘 그렇게 고르냐?"

민트 초코칩이 담긴 컵을 들고 창가로 나가가자 수희는 기다렸다는 듯 타박했다.

"넌 맨날 똑같은 거 먹는데 지겹지도 않니?"

나는 웃으며 대꾸했다.

"야, 어제의 체리쥬빌레와 오늘의 체리쥬빌레가 같냐? 먹을 때마다 나는 새로운 체리쥬빌레를 느낀단 말이지!"

주희가 과장된 표정으로 아이스크림 한 스푼을 입에 떠 넣었다. 사실 생각하기 귀찮아서 그러는 거면서. 나는 피식 웃으며 자리에 앉았다.

주희와 나는 아이스크림을 먹으며 말없이 창밖을 바라보았다. 전철역이 코앞이라 오가는 사람들이 많다. 바빠 보인다. 답답하다. 탁 트인 넓은 곳으로 가고 싶지만 엄두가 안 난다. 5월이지만 바람 끝은 차다. 특히 오늘처럼 하늘이 우중충하게 흐린 날에는 으슬으슬 한기가 든다. 그런데도 굳이 아이스크림이 먹고 싶다니 우습다. 나는 입고 있는 가디건 앞섶을 여몄다.

불쑥 코끝이 시큰한 게 서글프다. 지난주에 중간고사가 끝났으니 한동안 좀 여유를 부려도 된다 싶은데 그게 잘 안 된다. 무언가 하고 있어도 불안하고 안 하고 있으면 괴롭다. 모든 게 변했다. 고등학생이 되어 버린 것이다. 나는 서글픈 기분을 아이스크림과 함께 꿀꺽 삼키고 눈앞의 주희를 찬찬히 쳐다보았다. 입술을 오물거리며 걱정 근심 따위 하나도 없다는 듯한 얼굴로 아이스크림을 먹는 게 꼭 토끼같다. 많은 게 변했지만 그래도 주희와 마주 앉아 있으면 어떤 건 변하지 않고 계속 남아 있을지도 모른다는 안도감이 몸을 따듯하게 데운다. 그렇다. 나는 주희가 좋다. 나와 참 다르지만 나는 주희가 좋다.

"근데, 연정이 이 녀석은 뭐하느라 연락도 없냐. 제주도 갈 준비 이제 슬슬해야 되는데."

침묵을 깬 주희의 말에 순간 놀라 채 녹지 않은 아이스크림이 목구멍으로 꿀꺽 넘어갔다.

"켁, 켁."

"왜?"

"아냐, 괜찮아."

"얄미워. 혼자 외고 갈 때부터 알아봤어. 우리가 먼저 연락하기 전에는 절대 먼저 안 하잖아. 안 그래?"

주희는 동의를 구하는 표정으로 나를 빤히 바라보았다. 뭐라고 말해야 하나. 여기서 우리는 나와 주희를 의미하는 것 일 텐데, 사실 난 어제 연정이가 보낸 메일을 받았다. 그러니 연정이가 우리에게 절대 먼저 연락을 안 하는 건 아닌 거다. 나는 애꿎은 민트 초코칩에 스푼 자국을 내며 시간을 끌었다. 무슨 말을 해야 하나, 어떻게 해야 하나.

"내내 붙어 다녔으면서 시험 보러 간다는 이야기도 안 할 건 또 뭐야? 우리가 뭐 잡아먹어? 정말 웃겨. 걔, 혹시 우리 여행 약속 같은 거 까맣게 잊어버린 거 아니야?"

역시 주희는 아직도 그게 서운한 거였다. 말하지 않고 혼자 시험을 보러 간 연정이. 하지만 난 이해한다. 과학을 좋아했던 연정이가 외고를 선택한 건 끝까지 망설이다가 어렵게 내린 결정이었을 것이다. 그 누구의 어떤 말도 심지어는 격려조차도 듣고 싶지 않았을 그 기분, 알 수 있을 것 같다. 하지만 주희에게까지 그걸 이해시킬 자신은 없다. 나는 화제를 돌렸다. 요즈음 나의 최대 고민인 문제로.

"주희야, 너 근데 문이과 정하는 종이 냈어?"

"어? 아직 안 냈는데. 언제까지지?"

"다음 주 월요일까지. 부모님 도장도 받아오라는 거 같던데."

"아유, 내가 내 미래를 정하는 데 남의 도장이 왜 필요해,

왜?"

"근데…… 너, 어떻게 할진 정했어?"

내 말투가 조심스러워졌다. 이건 중요한 결정이다. 앞으로 수많은 선택을 하게 되겠지. 어쩌면 이 선택이 내 의지가 반영된, 내 인생을 결정지을 첫 번째 선택이 될지도 모른다.

"뭐?"

"문이과 말이야."

"그거야 당연히 정했지."

"정말?"

"어, 난 문과 갈 거야."

"언제 정했어?"

주희는 컵에 남은 아이스크림을 모두 긁어 한입에 넣고 쪽 빨더니 스푼을 컵으로 던지며 무심하게 말했다.

"지금 막."

2. 조금씩 어른이 되어 가는 건가 봐

「밀에게.

오래간만이지? 잘 지내니?

난 잘 지내.

새 학교라 낯설긴 하지만 이젠 조금 익숙해졌거든.

친구들도 사귀었고 공부도 차근차근 해 나가고 있어.

물론 너랑 주희가 그리워.

주희는 아직도 내가 말없이 시험 본 거 때문에

화가 덜 풀렸겠지?

밀아.

사실은 너희한테 할 말이 있어.

우리 여름 방학 때 제주도에 하이킹 가기로 한 거 말이야.

난 좀 어려울 거 같아. 방학 때 어학연수 신청했거든.

아무래도 여기 경쟁에서 따라가려면 어쩔 수가 없더라.

다들 한 번씩 다녀오는 분위기야.

미안해 밀아. 주희한테 잘 말해 줘.

중학교 때가 참 좋았던 것 같아. 그때가 그리워.

하지만 시간을 되돌릴 수는 없는 거니까.

이제 내가 선택한 여기서의 삶에 책임을 져야겠지?

이렇게 조금씩 어른이 되어 가는 건가 봐.

잘 지내고 또 연락하자.

연정.」

토요일 오후, 집에는 아무도 없었다. 나는 오빠 방에 들어가 컴퓨터를 켜고 얼마 전 연정이가 보낸 이메일을 다시 읽었다. 하이킹을 못 가는 건 아쉽지만 연정이가 잘 지내고 있는 것 같아 다행스러웠다.

내가 연정이, 주희와 친구가 된 건 작년 중3 여름 방학 때 일이다. 늘 같이 다니던 친구들이 집 앞의 보습학원에 함께 다니자고 했지만 내키지 않았다. 낯선 곳에 가고 싶었다. 아무도 나를 모르는 곳. 친절한 척 나를 꾸미지 않아도 되는 곳으로. 방학이 시작되자마자 나는 종로에 있는 큰 외국어 학원 초급 일본어 강좌를 신청했다. 그리고 거기서 토익 수업을 들으러 온 연정이와 주희를 우연히 만났다.

동네 학원에서였다면 그냥 지나쳐 버릴 수도 있었겠지만, 집과 한 시간이나 떨어진 시내 한복판에서 만난 우리는 낯설고 재미있는 책을 읽을 때처럼 서로에게 빠져들었다. 어떻게 그동안 한 반에 있으면서 친해지지 않았는지 신기할 정도였다. 10시 40분쯤 내 수업이 먼저 끝나면 근처 대형 서점에 가서 이런저런 책을 뒤적이며 시간을 보냈다. 11시 30분쯤 서점 정문 앞 횡단보도에 서 있으면 어김없이 반대편에서 주희이와 연정이가 나타났다.

거리를 가득 메운 낯선 사람들 사이에서 곱게 땋아 내린 연정이의 검은 머리칼이나, 주희의 초록색 야구 모자를 발견할 때면 그 순간 아주 먼 곳에 여행을 와 있는 것 같은 느낌을 받기도 했는데, 그래서였을까? 우리는 패스트푸트점에 모여 앉아 주로 여행 이야기를 나누었다.

그 여름 방학, 주희는 친구들과 함께 제주도로 하이킹을 갈 생각이었다. 하지만 엄마의 반대로 매일 종로에 나와 공부하는 신세가 되었다. 공교롭게도 연정이네 외갓집은 제주도였다. 연정이는 초등학교 내내 방학을 제주도에서 보냈다. 제주도에 대한 주희의 환상과 연정이의 경험이 만나 새로운 이야기가 피어나는 순간마다, 내 마음속에도 여기가 아닌 곳의 경치가 펼쳐지고 본 적 없는 은빛 바다가 넘실거렸다. 그때 우리의 몸은 종로에 있었지만 마음은 제주도 해안도로를 달리고 있었으므로, 고등학생이 되는 첫 번째 여름 방학 때 함께 제주도에 가기로 약속하는 건 당연한 일이었다. 이루어질 수 있는지와 상관없이 어떤 순간에는 약속 자체가 그 시간을 견디게 하는 힘이 될 수도 있다는 사실을 그때는 몰랐다. 그래서 나는 당연히 우리가 약속을 지키게 될 거라고 믿었다.

연정이의 편지를 다 읽고 마우스를 움직여 창을 닫으려다가 밴드에 접속을 했다. 원래 카톡이며 밴드며 다 폰에 깔려 있었지만, 얼마 전에 지워 버렸다. 중간고사 준비 기간에 몇몇 아이들이 공부에 방해가 된다며 폰에서 카톡이며 밴드며 인스타 등을 지우기 시작했다. 상위권 애들이 지우기 시작하자 너도 나도 유행처럼 번졌다. 나도 그때 덩달아 지웠다. 폰에서 그런 걸 지우면 큰일 날 줄 알았는데 아무 일도 일어나지 않았다. 대신 하루에 한두 번 PC로 접속하여 메시지를 확인했다. '페달을 밟아라'라는 제목의 밴드가 눈에 들어왔다. 나는 클릭을 해서 그 방에 들어갔다. 마지막으로 글이 올라온 것이 지난 4월. '고딩 짱 빡세'라고 올린 톡에 'ㅋㅋㅋ' '그걸 이제 알았냐.' 따위의 의미 없는 답이 달려 있다.

나랑 주희 그리고 연정. 우리 셋은 작년 여름 방학에 이 익명 밴드을 만들었다. 말이 익명이지 말투만 봐도 누구 글인지 알 수 있었지만 재미삼아 익명을 유지했다. 가끔 서로의 말투를 흉내 내어 장난을 치기도 했다. 그땐 뭘 해도 재미있었다. 우린 이 방에서 제주도 여행에 관한 정보나 학교에서 미처 다 하지 못한 이야기를 나누었다. 방학 때 가장 많은 알람이 울렸다. 하지만 시간이 흐르면서 점점 뜸해지더니 이제는 셋 중 한 사람이 안부를 물어도 대답이 시들하다. 주희와 나는 학교에서 계속 만나기 때문에 따로 할 말이 없고 우리와 떨어져 있는 연정이는 말 꺼내는 것 자체를 조심스러워 하는 눈치다.

이제 아무도 들어오지 않는데 나는 종종 빈집에서 혼자 쉬어가듯 지난 글들을 읽었다. 아니, 글을 읽거나 쓰지 않아도 '페달을 밟아라'라는 제목 옆 3이라는 숫자를 보기만 해도 마음이 든든해지곤 했다. 하지만 이제 이곳에 속마음을 털어놓을 수 있을까? 고민을 말할 수 있을까?

"웅……웅……"

그렇게 넋을 놓고 컴퓨터 화면을 바라보고 있는데 진동음이 들렸다. 내 폰인가? 나는 주섬주섬 주머니를 뒤져 보았다. 없다.

"웅……웅……"

멀리서 들린다. 오빠 방문을 열고 나갔다. 진동 소리가 가까워졌다. 소파다. 나는 방석 사이에서 핸드폰을 꺼내 화면을 봤다. 주희다.

"응? 왜?"

"너 어디야?"

"집이지 어디야."

"야, 너 기억 안 나? 오늘 학원 수학 보충 있는 날이잖아. 나도 깜박하고 있었는데 학원에서 엄마한테 전화를 했지 뭐야? 얼른 출발해. 어쩜 너희 엄마한테도 전화했을지 몰라."

"아, 맞아. 수학 보충! 완전 까먹고 있었어. 지금 얼른 갈게."

나는 방으로 뛰어 들어가 가방을 챙겼다. 학원 빠진 걸, 아니 수업이 있다는 것조차 잊고 있었던 걸 알면 엄마는 한참 잔소리를 늘어놓을 게 뻔하다. 공부를 안 하는 것 때문이 아니라 책임감이 없다는 이유로.

'아무도 너한테 그 학원에 다니라고 강요한 적 없어. 네가 선택한 일이니까 책임을 져야지. 그러니까 처음부터 신중하게 생각하고 선택을 해야 하는 거야. 내가 할 수 있는 일인지. 정말 꼭 나에게 필요한 일인지 깊이 생각해야지.'

벌써 엄마 목소리가 들려오는 것 같았다. 맞는 말이다. 분명히 맞는 말인데, 뭔가 또 이상하다. 해 보기도 전에 내가 할 수 있는지 정말 나한테 꼭 필요한 일인지 어떻게 안단 말인가.

나는 운동화를 꿰신고 현관문 손잡이를 잡았다. 그런데 내가 문을 미처 열기도 전에 휙 문이 열렸다. 나는 깜짝 놀라 소리를 질렀다.

"으악!"

한손으로 문고리를 잡은 채 어깨를 늘어트리고 힘없이 서 있는 건, 오빠다. 분명히 우리 오빠가 맞는데 아닌 것 같다. 오빠 안에서 뭔가 빠져나가 버린 것 같다. 오빠가 내게 물었다.

"어디, 가?"

목소리도 힘이 없다. 뭐지? 궁금하긴 했지만 마음이 급했다. 미래가 불투명한 고등학생이 잘나가는 법대생을 걱정하는 것도 우습다. 나는 씹어 뱉듯 말하고 뛰어나갔다.

"학원 보충 가는 길이야. 엄마 오시면 나 학원 갔다고 꼭 말해."

3. 고약한 장난

"툭, 투둑, 툭."

창문에 무언가 부딪히는 소리를 듣고 잠에서 깼다. 물방울이다. 세찬 비는 아니었지만, 밖은 어둑하다. 지각하기 딱 좋은 날씨지만 다행히 오늘은 일요일이다.

어제는 집안 분위기가 이상했다. 헐레벌떡 학원으로 뛰어가 확인해 보니 선생님은 이미 엄마랑 통화를 마친 상태. 혼날 것을 각오하고 살금살금 집으로 들어왔을 때 엄마와 아빠는 식탁에 마주 앉아 무언가 심각한 이야기를 하고 있었다. 내가 들어가자 대화는 끊겼고 엄마는 어색하게 웃으며 저녁을 차리겠다고 했다. 아빠는 베란다로 담배를 피우러 나갔다. 그러고는 끝이었다. 야단도 잔소리도 없었다.

나는 거실로 나갔다. 아무도 없다. 일요일 오전. 오빠나 아빠가 티비를 보는 시간이다. 오빠 방도 비어 있다. 그럼 아빠 엄마는? 나는 조심스럽게 안방 문에 귀를 가져다 대 보았다. 띄엄띄엄 잘 알아들을 수 없는 소리가 문틈으로 새어 나왔다.

"어쩔 수… 하지만… 그래도……."

"속상해도… 그땐… 당신도……."

뭔지 모르겠다. 다만 심각하다는 느낌은 전해진다. 이번 주말 내로 문이과 정하는 종이에 도장을 찍어야 하는데, 한숨이 절로 나온다. 아빠 엄마는 까다로운 사람들은 아니지만 심각해지기 시작하면 끝이 없다. 특히 이런 선택의 문제를 앞에 두고는 〈신중한 선택 방법론〉 같은 과목의 교수라도 된 듯 지나치게 진지해지고 만다. 오빠의 대학 입학 학과를 선택할 때도 그랬다. 저녁마다 온 식구가 모여서 오빠가 선택할 수 있는 모든 학과들의 장점과 단점을 표로 그리기까지 했다. 오빠도 덩달아 진지해져서는 초, 중, 고등학교 때의 성적표를 모두 가져와서 각 과목의 성석과 선생님 의견을 종합했더랬다. 나는 그때 친척들에게 전화를 걸어서 의견을 묻는 일을 맡았다. 윤주 이모와 정기 삼촌, 심지어 진주 할아버지에게도 전화를 걸었다. 다들 기다렸다는 듯 친절하게 조언해 주었다. 그렇게 일주일 여 간의 토론과 숙고 끝에 사회학과, 법학과, 경영학과로 과를 추렸고, 오빠가 최종 선택을 했다. 오빠는 다시 자신만의 적성, 전망, 성취도 등을 고려한 고유한 계산법을 가지고 세 개의 과에 점수를 매겼고 아슬아슬한 점수 차이로 법학과를 선택했다.

　이런 정도니 내가 문 이과를 골라야 한다고 하면 또 온 식구들이 달려들어 난상토론을 할 게 뻔하다. 하지만 지금 분위기라면…… 말 꺼내기 싫다. 왜일까? 뭔가에 정신이 팔려 있는 것 같은 아빠 엄마가 오빠 때처럼 내 문제에 열심을 보이지 않는 것이 서운한 것일까? 아니면 너무 진지해질 아빠 엄마를 봐야 하는 것이 부담스러운 걸까?

나는 오빠 방문 앞에서 우뚝 멈추어 고개를 푹 수그렸다. 불현듯 답을 찾은 것이다. 아니다, 둘 다 아니다. 내가 지금 문이과 문제에 대해 누구와도 이야기하고 싶지 않은 건 내가 무얼 원하는지 잘 몰라서다. 적어도 오빠는 오빠가 원하는 걸 알았다. 나는 그걸 모른다.

내 마음은 하루에 수천 번, 아니 수만 번 바뀐다. 외국어를 좋아하니 문과에 가고 싶다가도 한국사나 세계 지리 따위를 암기하는 건 죽기보다 싫다. 수학은 생각만 해도 머리에 쥐가 나는데 사실 내 진짜 꿈은 지질학자가 되는 것이다. 어쩌면 지질학이 뭔지도 잘 모르면서 그저 멋있어 하는 건지도 모른다. 때로는 공부 따위는 집어치우고 그림을 그려 볼까 싶기도 하다. 하지만 그림을 그려서 뭐가 되지? 이렇게 계속 생각하다 보면 말 그대로 뇌가 꼬여 버리는 것 같다. 벌써 모든 걸 선택해서 그 길을 따라가기만 하면 되는 오빠나 아이스크림을 고르듯 뭐든 가볍게 선택하는 주희가 진심 부럽다.

"아, 우울해."

나는 중얼거렸다. 기분이라는 것이 새장 속 작은 새 같아서 이름을 불러 나오게 하면 한결 나아지기도 한다는 걸, 경험으로 알고 있기 때문이다. 기분은 나아지지 않았다. 오늘은 그 새가 밖으로 나올 생각이 없나 보다.

나는 비어 있는 오빠 방으로 들어갔다. 단정한 책상 위에는 흐트러진 종이 한 장 없이 학과 공부용 두꺼운 책들이 반듯하게 놓여 있다. 나는 오빠 책상에 앉아 컴퓨터를 켰다. 그리고 메일함을 확인했다. 연정이에게 답 메일을 보내야 하는데, 그새 잘 되시 않는다. 메일쓰기라고 되어 있는 곳에 마우스를 대고 한참을 망설이다가 결국 누르지 못했다. 친구에게 답 메일 하나 못 보내다니 한심하다 싶지만 무슨 말을 어떻게 해야 할지 정말 모르겠다. 가슴이 꽉 막혀 버렸다. 답답한 나머지 손끝이 저릿하다. 나는 결국 메일쓰기 창을 닫았다. 홈화면으로 돌아가 마우스를 이리저리 움직이다가 밴드에 로그인했다.

"어?"

우리 세 사람의 익명 밴드 〈페달을 밟아라〉에 새 글이 올라왔다는 빨간색 동그라미가 보였다. 가슴이 두근거렸다. 반가운 마음, 그리고 궁금한 마음에 밴드를 열었다. 새 글이 올라와 있었다.

「난 정말 옳은 선택을 한 걸까?
얼마 전까지만 해도 그렇다고 믿었다.
그런데 자꾸 아니라는 생각이 든다.

이건 내가 상상하던 게 아니다.

내가 뭘 잘못한 거지?

열심히 고민해서 내린 결정이다.

나로서는 최선의 선택이었단 말이다.

이 결정을 되돌리면

인생 전체가 무너질 것만 같은 느낌이 든다.

하지만 그게 무서워서 아닌 길을 갈 수도 없다.」

연정인가 보다. 잘 지내는 줄 알았는데, 외고 다니는 게 역시 수월하지 않은가 보다. 나는 답글을 쓰려다가 그만두었다. 연정이에게 메일을 쓰지 못한 것과 같은 이유였다.

저녁 식사 시간이 되어서도 오빠는 집에 들어오지 않았다. 집안 분위기는 안개라도 낀 듯 가라앉아 있었다. 이상하게도 아빠 엄마도 오빠를 찾지 않았다. 나는 궁금해졌다.

"엄마, 오빠 어디 갔어요? 왜 안 와요?"

내 질문에 아빠 엄마가 말없이 눈빛을 교환했다. 엄마가 말했다.

"오빠, 잠깐 여행갔어."

"여행? 어디로요?"

내가 급히 물었지만 엄마 아빠는 아무 말도 하지 않은 채 그냥 밥을 먹을 뿐이었다. 저녁을 먹고 나는 다시 오빠 방으로 들어가 컴퓨터를 켰다. 아무래도 연정이의 글에 답글을 달아야 할 것 같아서다. 밴드를 열었다. 게시글 밑에 이미 댓글 하나가 올라와 있었나. 나는 씸싹 놀랐다.

「많이 힘든가 보네.
그래, 열심히 고민해서 결정을 내려도 늘 헛갈려.
너만 그런 거 아니라 나도 그래. 그래도 어쩌겠니.
시간을 되돌릴 수는 없는 거니까 내가 선택한 삶에 책임을
져야겠지.
힘내!」

다정한 답글에 콧날이 시큰해졌다. 그런데 몇 번 반복해서 답 글을 읽고 나니 그 문장이 왠지 익숙하게 느껴졌다. 시간을 되돌릴 수 없으니, 내가 선택한 삶에 책임을 진다. 어디서나 볼 수 있는 평범한 문장이다. 하지만 익숙하다.

'아, 맞아. 연정이 메일!'

나는 메일함에 가서 연정이가 보낸 메일을 열었다.

「중학교 때가 참 좋았던 것 같아. 그때가 그리워.

하지만 시간을 되돌릴 수는 없는 거니까

이제 내가 선택한 여기서의 삶에 책임을 져야겠지?

이렇게 조금씩 어른이 되어 가는 건가 봐. 잘 지내구 또 연락하자.

연정.」

나는 연정이 편지의 마지막 단락을 여러 번 들여다보며 잠시 생각에 잠겼다. 시간을 되돌릴 수 없다, 내가 선택한 삶에 책임을 져야 한다. 이건 분명히 요즘의 연정이 마음이 담긴 문장이었다. 답글을 단 것이 연정이라면 글을 쓴 건, 주희인 걸까? 늘 밝고 명랑해서 걱정이라고는 없어 보이는 주희에게도 남모를 고민이 있었던 걸까? 나는 머릿속이 복잡해졌다. 나는 메일함을 닫고 다시 밴드로 되돌아갔다. 어쨌든 답글을 달아야 하니까.

"어? 이게 뭐야?"

나는 앉았던 자리에서 벌떡 일어났다. 그새 답글이 하나 더 올라와 있었다.

「허허, 다들 걱정이 많나 봐.

그래, 세상에 아무 고민 없는 사람이 어디 있겠어.

그래도 우린 친구잖아.

힘든 일 있으면 의논하고 다 털어 버리고 신나게 지내자.

파이팅!」

이건 또 뭐야? 나는 게시글을 쓴 적도 답글을 단 적도 없다. 그렇다면 연정이와 주희 둘 중 한 사람이 게시글도 쓰고 답글도 달았다는 이야기다. 누가, 왜 그런 걸까? 게시글을 막상 써 놓고 보니 쑥스러웠던 걸까? 아니면 그냥 고약한 장난을 한번 치는 걸까? 나는 머리가 복잡해져서 밴드를 빠져나왔다. 그리고 오빠 방을 나왔다. 집은 비었고 거실은 고요했다. 아빠 엄마는 저녁 산책이라도 나간 건지 현관에는 신발도 없다. 나는 쓸쓸한 기분이 되어 내 방으로 들어갔다.

4. 그 마음이 내게 용기를 주었다

"야, 너 나랑 이야기 좀 해."

다음 날 점심시간, 주희가 난데없이 말했다. 뭔가 단단히 꼬인 목소리였다. 주눅이 들기도 했지만 어제 그 밴드 건에 대해 뭔가 알 수 있겠다는 생각에 주희를 따라 나섰다. 종종 이야기를 나누는 학교 뒷문 옆 벤치에 갈 때까지도 주희는 입을 열지 않았다. 우리는 벤치에 나란히 앉았다. 주희는 발 아래 화단 흙을 몇 번 걷어차더니 말했다.

"너, 연정이 제주도 못 가는 거 왜 나한테 이야기 안 했어? 연정이가 너한테 메일 보냈다던데."

"아, 그거 금방 말하려고 하고 있었어."

"너네 왜 나만 바보 만들어? 내가 억지로 가자고 한 거야? 같이 정한 거잖아. 연정이가 못 간다고 이야기한 걸 왜 나한테만 숨긴 거야? 내가 뭐 행패라도 부릴 것 같았어?"

"아니야. 그런 거 아니야. 그냥 나는 네가 좀 서운해 할 것 같아서."

무슨 말을 해도 변명이 될 것 같아 입을 다물었다. 다 우유부단한 내 성격이 불러온 결과니 할 말 없다. 잠시 불편한 침묵이 흘렀다.

"그리고 너."

주희는 여기까지 말을 하더니 입을 다물었다. 또다시 잠시 동안의 침묵. 주희는 불쑥 고개를 돌리고 내 눈을 빤히 바라보며 말했다.

"그리고, 너 말이야. 힘든 일 있으면 서로 이야기하고 그래야 되는 거 아니야? 밴드에 올린 글 봤어. 당연히 연정이가 쓴 거라고 생각하고 답글 달았다가 걱정돼서 연정이한테 전화한 거야. 그랬더니 연정이가 자기가 쓴 거 아니라고 하더라. 자기는 내가 쓴 줄 알았고 그래서 답글 달았다고. 그러면서 연정이가 너한테 제주도 못 간다는 메일 보냈다는 이야기도 들은 거야. 연정이도, 나도 아니면 너잖아?"

그때 오후 수업을 알리는 종이 쳤고 이야기를 제대로 끝맺지 못한 채 헤어졌다. 이상하다. 정말 이상하다. 둘 중 한 사람이 거짓말을 하고 있는 게 분명하다. 아무리 생각해도 이해할 수 없는 일이었다. 나는 정말 게시판에 글을 쓰지 않았다. 글은 세 개인데 쓴 사람은 둘이니 누군가 거짓말을 하는 거다. 왜?

학원 수업을 마치고 밤 열 시가 넘어서 집에 돌아가면서도 내 의문은 사라지지 않았다. 게다가 내일까지는 문이과 정하는 종이에 꼭 도장을 받아오라고 했으니 오늘은 아빠 엄마와 의논을 해야 한다. 답답하다. 왜 삶은 선택의 연속인 걸까? 왜 우리는 늘 최선의 선택을 하기 위해 안간힘을 쓰는 걸까? 그렇게 해서 내린 최선의 선택은 항상 옳은 걸까?

"저기, 엄마 내일까지 도장 받아가야 해서요."

나는 설거지를 하고 있는 엄마 등에 대고 말했다. 집 안이 이상하리만치 적막하다. 달그락달그락 그릇 부딪치는 소리뿐이다. 오빠는 오늘도 집에 들어오지 않았고 아빠도 늦는다.

"그래? 그게 뭔데?"

엄마는 설거지 중인 그릇에서 시선을 떼지 않고 무심하게 말했다.

"응, 문이과 정하는 거요."

내 목소리가 모기 소리만 해졌다. 엄마는 내 말을 듣더니 끼고 있던 고무장갑을 손에서 빼 싱크대에 걸쳤다. 그리고 깊은 한숨을 한번 푹 내쉬더니 나를 바라보았다.

"밀아, 우리 얘기 좀 하자."

가슴이 철렁 내려앉았다. 우리는 식탁에 마주 앉았다. 엄마는 내가 이 문제를 가족들과 함께 미리 의논하지 않아 화가 난 것이 분명하다. 나는 저절로 고개가 수그러졌다.

"휴, 밀아, 엄마는 정말 모르겠다."

엄마의 예상치 못한 탄식에 나는 살짝 고개를 들었다.

"밀아, 오빠가 전과를 한댄다, 글쎄."

"뭐라고요? 왜요?"

세상에! 전과라니! 얼마나 고심해서 결정한 법학과인데 이제 와서 바꾼다고?

"그러게 말이다. 나도 모르겠다. 밀아, 그때 우리 모두 오빠가 최선을 결정을 내릴 수 있도록 열심히 도왔다고 생각해. 오빠도 노력했지. 조금만 더 생각해서 결정했으면 후회하지 않았을 선택이 엄마 인생에는 많았단다. 엄마는 너희가 나처럼 후회하게 될까 봐 겁이 났어. 그래서 최선의 선택을 할 수 있도록 노와야 한다고 생각했고. 그게 부모의 일이라고 믿었어. 그래서 정말 최선을 다했던 거야. 그런데도 이런 일이 생기는구나. 내 속이 이런데 본인 마음이야 오죽하겠니? 며칠 여행을 다녀온다며 갔어. 내일쯤 올 거야. 그러니 모르겠다. 문과를 갈지 이과를 갈지 잘 생각해 보고 네가 결정하렴. 어떤 선택을 해도 널 믿을게."

엄마는 아무것도 적지 않은 확인서의 부모님 서명 란에 도장을 찍어 내게 내밀더니 설거지를 마치러 싱크대 앞으로 갔다.

나는 오빠 방문을 열었다. 그런 고민을 했으리라고는 상상할 수 없는 오빠의 단정한 책상. 오빠는 혼자 얼마나 외로웠을까. 나는 오빠의 책상에 앉았다. 그리고 서너 권 포개져 있는 전공 서적을 하릴없이 들추어 보았다.『헌법총론』아래『형사소송법』. 그 아래에는『민법총칙』이 있다. 나는『헌법총론』을 몇 페이지 넘겼다. 무슨 말인지 하나도 모르겠다. 오빠는 이렇게 어려운 공부를 했던 거구나. 형광펜으로 밑줄을 치고, 깨알같이 메모를 한 오빠의 흔적. 오빠는 분명 눈을 감고 중얼중얼거리면서 단어들을 외웠겠지?

오빠는 중고등학교 때도 그렇게 공부했다. 무슨 도인처럼 양반다리를 하고 앉아서 고개를 45도로 들어올리고 손에 든 연필로 톡톡 책상을 두드리며 중얼중얼 무언가를 외우던 오빠. 같이 방을 쓸 때는 그 소리가 듣기 싫어 문제집을 들고 식탁으로 나가 버리기도 했다. 그런데 지금은 그 소리가 그립다. 코끝이 찡하다.

나는 휘리릭 『헌법총론』을 넘기며 생각했다. 오빠는 이 길의 어디까지 갔다가 멈추려는 걸까? 가던 길을 끝까지 가는 것과 돌아가는 것 중 어느 쪽이 더 멀까? 무섭지 않을까? 되돌아가는 것이?

"어? 이게 뭐야?"

아직 진도를 나가지 않았는지 깨끗한 페이지 한 가운데 노란 포스트잇 한 장이 붙어 있다. 포스트잇에는 붉은색 글씨가 또박또박 적혀 있었다. 내가 오랫동안 알아온 오빠의 필체. 오른쪽으로 약간 기울어진. 세로 획의 윗부분을 수줍은 듯 조금 꺾은.

「무섭다고, 아닌 길을 갈 수는 없다.」

마치 내 마음속 질문에 대해 대답이라도 하는 듯한 문장에 심장이 털컹 내려앉았다. 그래 무섭구나. 오빠도 무서웠던 거구나. 그런데도 어쩔 수 없었던 거구나. 어? 그런데 이 문장은? 나는 얼른 컴퓨터를 켜고 밴드에 들어갔다.

　　맞다. 의문의 글 속 마지막 문장이 바로 이것이다. 그렇다면 이 글을 쓴 건, 오빠? 그렇다면 언제? 나는 글이 올라온 시간을 확인했다. 지난 토요일 오후 3시 38분. 아! 맞다. 그때 나는 바로 이 밴드를 들여다보다가 주희에게서 온 전화를 받고 급하게 학원으로 갔다. 로그아웃도 하지 않았고 미처 컴퓨터를 끄지도 못했다. 곧 오빠가 들어왔지! 나는 다시 글을 읽었다.

「난 정말 옳은 선택을 한 걸까?

얼마 전까지만 해도 그렇다고 믿고 있었다.

그런데 자꾸만 아니라는 생각이 든다.

이건 내가 상상하던 게 아니다.

내가 뭘 잘못한 거지?

열심히 고민해서 내린 결정이다.

나로서는 최선의 선택이었단 말이다.

이 결정을 되돌리면 인생 전체가 무너질 것만 같은 느낌이 든다.

하지만 그게 무서워서 아닌 길을 갈 수는 없다.」

오빠는 왜 우리 밴드에 글을 쓴 걸까? 언젠가 오빠도 친구들과 쓰는 밴드가 있다고 들은 기억이 난다. 그 방과 헷갈렸던 걸까? 아니면 아무도 모르는 낯선 곳에 마음을 털어놓고 싶었던 걸까? 글 속에 전과를 고민하는 오빠의 마음이 느껴졌다. 이전에 내렸던 최선의 선택 앞에서 다시 갈등하고 있는 오빠. 정말 완벽한 선택이란 없는 걸까?

밤 11시가 넘었지만 주희는 기꺼이 나와 주었다. 마침 주희네 집 앞에는 새벽 2시까지 영업하는 카페가 있다. 내가 입을 열었다.

"우리 오빠였어."

"뭐?"

나는 상황을 설명했다.

"대학 간다고 다 끝난 게 아니구나. 으으으. 지겨운 인생!"

내가 이야기를 마치자 주희가 머리를 쥐어뜯으며 탄식했다. 주희는 잠시 손가락으로 톡톡톡 탁자를 두드리더니 불쑥 말했다.

"야! 자전거나 타러 가자!"

"자전거?"

"제주도 하이킹도 못 가게 되었는데 한강 가서 자전거나 타자고.”

“그럴까?”

“그래. 제주도까지 갈 거 뭐 있냐? 여름 방학 때까지 기다릴
거 뭐 있고. 내일이라도 가자. 학원 째고.”

나는 히죽 웃고 말았다. 난 이래서 주희가 좋다.

나는 내 방으로 돌아와 볼펜을 들고 확인서의 빈칸을 채워
나가기 시작했다. 그리고 생각했다.

괜찮아. 하루에 수천 번 수만 번 마음이 바뀌어도. 괜찮아.
최선의 선택이라고 믿었던 것이 무너져 버려도. 한번 선택이
잘못 되었다고 완전히 실패하는 건 아니잖아. 그냥 지금의 나
에게 솔직할 뿐. 오늘의 선택이 남은 인생 전체를 결정하는 건
아니야. 내게 찾아온 물음에 답하기 위해 수많은 질문을 던지
며 고민했어. 그 사실은 변하지 않으니까. 그러니, 다시 한 번
괜찮아. 하루에 수천 번 수만 번 마음이 바뀌어도.

“야, 빨리 좀 골라. 이러다 해 지겠어.”

손잡이가 평평하고 바퀴가 날렵한 검은색 자전거 옆에 서서
주희가 나를 재촉했다. 주희는 벌써 원하는 자전거를 빌리고
돈까지 다 냈다. 나는 바구니가 있는 초록색 자전거와 안장이

좀 더 편해 보이지만 바구니가 없는 분홍색 자전거 사이에서 갈등하고 있었다. 하교 후 집에 들러 에코백을 메고 나왔다. 초록색 자전거를 고르면 앞 바구니에 가방을 넣으면 되지만 안장이 불편해 보인다. 안장이 불편하면 타는 내내 거슬릴 텐데. 안장이 편해 보이는 분홍색 자전거를 타려면 한쪽 어깨에 가방을 메고 타야 한다. 아, 괴롭다.

주희가 자기 자전거를 넘어지지 않게 세우더니 내게 다가왔다. 내 옆에서 서서 초록색 자전거와 분홍색 자전거를 번갈아 보더니 획, 내 어깨에서 가방을 낚아챈다. 그리고 주희가 메고 온 배낭 안에 내 에코백을 집어 넣더니 날 보고 웃는다.

"됐지? 분홍색 타!"

이래서 난 주희가 좋다.

바람을 가른다. 비릿한 강 냄새와 톡 쏘는 듯 싸한 풀 냄새가 우리를 감싼다. 밟으면 앞으로 간다. 한발이 올라오면 다음 발을 밟는다. 번갈아 다리를 움직인다. 바퀴는 구르고 우리는 앞으로 나아간다. 이 단순하면서도 멋진 원리가 우리를 통과해 세상을 움직이고 있다. 이상하게도 눈물이 날 것 같다. 어쩌면 이렇게 단순한 것일지도 모른다. 모든 게.

「연정이에게

연정아, 어떻게 지내고 있니?
잘 지내고 있다는 네 메일을 받고도 마음이 놓이지 않아.
그건 내가 잘 못 지내고 있어서일까?

네게 답 메일을 써야지 몇 번이나 생각했는데 못 썼어.
망설이다가 자꾸 시간이 흘러갔지.
알잖아. 나 그런 애인 거.

맞아. 주희는 아직 화가 덜 풀렸어.
아니 사실은 화가 난 게 아니야. 주희는 속상한 거야.
너에게 더이상 주희가 소중한 사람이 아닐까 봐.
겁을 내는 거야.
알잖아, 주희는 미안하거나 서운하면
화를 내고 툴툴거린다는 거.

연정아,
나랑 주희랑 며칠 전에 한강에 가서 자전거를 타고 왔어.
안 그러려고 했는데 자꾸만 네 이야기를 하게 되었지.

꼭 하고 싶은 말이 있어.

우린 네가 그리워. 너랑 함께한 시간도.

우리 기말고사 마치고 같이 자전거 타러 가자.

제주도가 아니어도 좋아. 우리 같이 놀자. 잠시라도.

우리에게 시간을 좀 내 줘.

나 지금 엄청 용기내서 이 말을 하는 거야.

진짜 많이 망설였다구.

잘 지내.

연락 기다릴게.

밀 쓰」

내용을 다 쓰고도 나는 한참 마우스를 쥐고 있었다. 흰 화살표는 보내기 버튼 위에 있다. 이 메일을 보낼 수 있을까? 보내도 될까? 보내자. 보내 보자. 눈을 꼭 감았다. 할 수 있어. 할 수 있어. 오른손 검지에 힘을 주고 딸깍, 하고 소리가 나자 메일이 전송되었다. 휴. 긴장이 풀린다. 알 수 없는 기분이 몸을 감쌌다.

아, 이 느낌은 뭐지? 지금 나, 메일을 보내기 전과는 조금,

아주 조금 다른 사람이 된 것 같다. 이제야 알겠다. 진짜 소중한 것이 무엇인지 알았을 때만 용기를 낼 수 있다. 그리고 그 용기가 이전과 다른 선택을 하게 한다. 나에게는 연정이와 주희가 소중하니까, 그 마음이 내게 용기를 주었다. 오빠도 무언가 소중한 걸 발견한 거겠지? 그래서 용기를 낸 걸 거야. 나는 오빠의 단정한 책상을 바라보며, 가만히 마음속으로 오빠의 새로운 선택을 응원했다.

한 그릇도 배달됩니다

1. 한 그릇, 배달해 주세요

'할머니 손칼국수', '최고 왕 족발', '꿀맛 치킨'……. 가희는 배달 식당의 광고 전단들을 한 장씩 넘겨본다. 이사 오자마자 아빠는 온갖 식당의 전단지를 차곡차곡 모아 신발장 서랍에 넣었다. 그러면서 나직하게 혼잣말을 했다.

"급할 땐 시켜 먹어야겠네."

급할 때 시켜 먹겠다고 했지만 가희네는 저녁마다 배달 음식을 주문했다. 아빠도 가희도 아직은 저녁 식사를 준비할 기운이 없다. 전단지들을 넘기다 가희는 손을 멈추었다. 노란 바탕에 붉은 글자 〈용궁반점〉. 수타 자장면 6500원 볶음밥 7500원 탕수육 15000원 따위의 메뉴가 빼곡하다. 메뉴 밑에 '한 그릇도 배달됩니다'라고 쓰여 있다. 여기서 시켜 먹자고 가희는 생각했다. 배가 고프다. 그런데 혼자 먹어야 한다. 전화를 했는데 한 그릇은 배달이 안 된다고 하면 어쩌나, 그런 생각을 하고 있었다. '안 된다'는 말, 지금은 누구에게도 듣기 싫다.

"식사 왔습니다!"

벨소리와 함께 들린 시원시원한 목소리에 가희는 벌떡 일어나 문을 열었다. 모자를 눌러쓴 배달원은 반짝거리는 은빛 철가방을 열어 자장면 한 그릇을 가희네 현관 안으로 올려놓으며 말했다.

"이사 오셨나 봐요. 저희 용궁반점 처음이시죠? 드셔 보시면 아시겠지만, 저희 집은 백 프로 수타, 손으로 면을 만들어서 쫄깃해요. 한 그릇이라도 성심성의껏 배달해 드리니까요, 자주 이용해 주시고요. 여기 쿠폰 드릴게요. 열 그릇 드시면 한 그릇은 공짜… 어? 이게 누구야? 너, 가희?"

쿠폰을 건네느라 고개를 든 배달원이 가희를 알아봤다. 거 참 말 많네,라고 생각하던 중이었다. 배달원과 가희의 눈이 마주쳤다.

"어? 서민호? 네가 배달하는 거야?"

같은 반 민호였다. 전학 온 지 2주밖에 안되었지만 반 애들 이름과 얼굴 정도는 알아 볼 수 있다. 중키에 조금 곱슬거리는 머리카락. 약간 통통한 체격에 거뭇하면서도 기름기가 번들거리는 피부. 쌍커풀 없는 커다란 눈에 활짝 웃으면 입꼬리가 귀 밑까지 가 걸리는, 한마디로 인기는 없지만 순해 보이는 그런 녀석이다.

"응. 용궁반점이 우리 가게야. 우리 집 자장면 정말 맛있어."

민호는 여기까지 말하고 쑥스러운지 얼굴이 붉어졌다. 하지만 '용궁반점이 우리 가게야.'라고 말할 때 민호가 가슴을 활짝 편 것 같았다.

"나 갈게. 얼른 먹어. 불기 전에. 그리고 이거."

민호가 작고 네모난 종이 조각을 가희에게 내밀었다.

"이게 뭐야?"

"쿠폰. 하나 더 줄게."

민호는 한번 씩 웃더니 철가방을 챙겨 돌아갔다.

"치, 그래봐야 자장면이 다 똑같지 뭐."

민호가 가고 난후 가희는 자장면을 비비며 혼잣말을 했다. 배고파서 먹는 것 뿐이다. 허기지지 않으면 굶으면 그만이다. 맛? 그런 게 다 무슨 소용이란 말인가. 먹고 힘을 내야 한다.

그래서 떠나 버린 엄마 보란 듯이 잘 살고 말 거다. 가희는 젓가락으로 자장면을 돌돌 말아 높이 들어올렸다. 자장면 가락의 끝을 입에 넣으려고 고개를 들었을 때 가희는 깜짝 놀랐다.

'어? 민호 애, 돈 안 받아 간 거야?'

신발장 위에 만 원짜리가 놓여 있었다. 음식 값을 내려고 꺼내놓은 돈이다. 그런데 서로를 알아보고 놀라느라 가희는 자장면 값 주는 걸 잊어버리고 만 거다. 쿠폰은 두 장이나 받고서 말이다.

2. 자장면 값을 주려는데

다음 수업은 음악. 쉬는 시간 종이 울리자 아이들은 음악책을 들고 끼리끼리 교실 문을 나서기 바쁘다. 서로를 부르는 목소리, 의자가 바닥에 끌리는 소리, 가방에서 책과 준비물을 꺼내는 소리. 소란스러운 가운데 가희는 늑장을 부린다. 교실에서 음악실, 먼 거리가 아닌데도 애들은 꼭 짝지어 다닌다. 모두 짝지어 가는 복도를 혼자 걷느니 늦어서 선생님에게 혼날지언

정 빈 복도를 뛰어가는 편이 낫다.

가희는 짝지어 다닐 사람을 찾지 못했다. 아니, 왜 그래야 하는지 잘 모르겠다. 모든 건 갑자기 변한다. 아빠 엄마의 별거와 이혼도. 뒤이은 이사와 새 학교도. 가희에게는 준비 없이 찾아왔더랬다. 당연하다고 생각하던 것들이 모조리 무너져 버렸는데, 화장실이나 음악실에 같이 갈 친구에 목매는 일 따위 미련하다 못해 천박하다고 가희는 생각했다. 변하지 않는 것, 자신을 끝까지 지켜 줄 무언가를 찾아야 했다. 물론 남은 학기 내내 외톨이로 지내게 되는 것이 아무렇지도 않다는 뜻은 아니다. 하지만 외로운 것이 허약한 것보다 낫다. 가희는 강해지고 싶다. 무엇에도 흔들리지 않게.

가희는 흘깃 뒤를 돌아보았다. 옆 분단 뒤쪽에 앉은 민호가 노트에 무언가 열심히 적고 있다. 그래, 민호에게 자장면 값을 줘야 하지. 가희는 누군가에게 말을 걸 구실이 있다는 사실이, 음악실에 좀 천천히 갈 이유가 생긴 것이 반가웠다. 가희는 지갑에서 돈을 꺼내 오백 원짜리 동전하나를 천 원짜리 여섯 장으로 돌돌 말아 오른손에 쥐었다.

지금 가서 줘 버릴까? 가희는 먼발치에서 민호를 보며 생각했다. 하지만 다른 아이들이 있는데서 민호에게 선뜻 다가갈 수가 없다. 민호네가 중국집을 하고 민호가 배달을 한다는 것이 숨겨야 할 사실일 수도 있다. 가희가 민호에게 돈을 전해 주면 누군가 그 이유를 물을지도 모르고 원치 않게 민호의 비밀이 알려질 수도 있다.

잠시 후, 교실에 있는 아이들이 다 나가고 가희와 민호 둘뿐이다. 가희는 민호에게 다가갔다.

"야, 너 뭐해?"

가희의 목소리에 민호가 고개를 들더니 순한 웃음을 지으며 말했다.

"응. 영어 숙제. 어제 배달이 많아서 하나도 못했거든."

민호가 아무렇지도 않게 꺼낸 '배달'이라는 말에 가희가 왠지 부끄럽다. 얼른 돈을 줘야지, 하면서도 손이 잘 내밀어지지 않는다.

"음악실 가야 되잖아."

"응. 가야지. 잠깐만."

민호는 급히 책상을 정리하고 음악책을 챙겼다. 가희는 민호를 향해 꽉 쥔 주먹을 불쑥 내밀었다.

"야, 이거 받아. 어제 너 돈 안 받아 갔더라."

민호는 의아하다는 표정을 지었다.

"어제 뭐? 자장면 값?"

"그래, 나도 주는 걸 깜박했어. 자 어서 받아."

가희는 주먹을 더 들이밀었다.

"아냐, 그건 내가 일부러 돈 안 받은 거야. 우리는 같은 반이고 어제 네가 혼자……."

얘가 무슨 소리를 하는 거야? 가희는 짜증이 치밀었다.

"자, 이거 얼른 받아. 음악실 가야 돼."

가희는 왼손으로 민호의 오른손 팔목을 잡아 올려 제 오른손에 쥐고 있던 돈을 올려놓았다. 당황한 민호의 눈이 커다래졌다.

"가희야, 괜찮다니까."

민호의 왼손이 가희의 오른손을 잡았다. 엉겁결에 두 사람은 두 손을 마주잡고 서 있는 꼴이 되어 버렸다.

그때였다. 쇳소리 같음 음성이 교실 안을 울렸다.

"너희들 지금 교실에서 뭐하는 짓이야!"

바닥으로 돈이 떨어졌다. 처음 보는 여자 선생님이다. 치켜뜬 듯 매서운 눈매에 한쪽 입술 끝이 살짝 위로 올라가 비웃는 것 같은 인상이다. 기분 나쁘다.

"선생님 그게 아니라요. 얘는 얼마 전에 전학을 온……."

당황한 민호가 손사래를 치며 뭐라고 변명을 시작했다. 가희는 지금 벌어지고 있는 일을 이해할 수 없다. 도대체 뭐가 아니라는 건지, 저 여선생은 왜 화를 내는 건지.

"시끄러워! 전학 온 지 얼마 되지도 않은 게 발랑 까져가지고."

"그게 아니라요!"

민호가 항변하듯 외쳤다.

"아니긴 뭐가 아니야! 너희 둘 다 풍기문란 벌점 5점씩이야! 알겠어?"

3. 손잡는 게 나빠요?

"아들! 진주아파트 2동 빈 그릇 가져왔어?"

"네, 엄마. 아까 그 옆 동 배달 가는 길에 가져왔어요."

토요일 정신없는 점심 배달 시간을 좀 지난 오후였다. 민호는 창가 테이블에 턱을 괴고 앉아 멍하니 딴 생각에 잠겨 있다가 엄마의 질문에 대답했다. 엄마는 시무룩한 민호의 눈앞에 얼굴을 바짝 들이밀며 말했다.

"무슨 일 있어? 아빠한테 탕수육 하나 해 달라고 할까? 아빠

표 탕수육 먹으면 기분 좋아지잖아. 응?"

민호는 피식 웃음이 나왔다. 엄마는 우울한 일이 있을 때면 아빠에게 특별 요리를 주문한다. 기분이 좀 뒤숭숭할 때는 아빠가 엄마를 위해 특별히 매콤한 맛을 더 낸 칼칼한 특제 짬뽕을, 조금 심각하다 싶으면 새 기름에 튀겨 만든 탕수육을, 누구도 구제할 수 없이 슬픈 날에는 코끝이 찡하도록 겨자를 듬뿍 넣은 양장피를 주문하는 거다. 엄마는 누가 봐도 군침 넘어가도록 그 요리들을 맛나게 먹고는 언제 우울했냐는 듯 콧노래를 흥얼거린다. 역시 용궁반점 서 주방장이 최고라며 아빠를 치켜세운다. 그러니까 지금 엄마는 민호가 '조금 심각'해 보인 거고 그에 맞게 '탕수육'이라는 처방을 내린 거다.

"어머 얘, 웃네? 짬뽕이면 되겠네. 여보! 우리 아들 기분 전환용 짬뽕 하나 만들어 줘요! 아들은 오징어 많이, 양파는 조금만 알죠? 나는 칼칼짬뽕으로요!"

엄마는 민호의 얼굴이 풀어지는 걸 보고 금방 메뉴를 바꾸었다. 그런 엄마를 보고 있으려니 민호는 또 웃음이 나왔다. 아빠가 만들어 주는 짬뽕을 기다리며 민호와 엄마는 마주 앉았다. 엄마는 '무슨 이야기든 들어주기 자세'를 취했다.

그건 처음에 민호 아빠와 엄마가 만든 약속이라는데, 한쪽이 우울하거나 슬퍼 보일 때면 다른 한쪽이 맞잡아 깍지 낀 양

손을 턱 아래 가져다 대고 상대방을 말없이 따듯하게 바라보
아 주는 거다. 그건 '나는 당신의 이야기를 들을 준비가 되었
다'는 뜻이고, 그러면 다른 한쪽은 편하게 마음속 이야기를 할
수 있는 거다. 그런 엄마를 보고 있으면 왠지 술술 이야기가
새어 나온다. 하지만 이번에도 엄마가 그냥 '들어주기'만 할
수 있을까? 민호는 걱정이 된다. 이야기를 안 하는 편이 나을
것 같다.

"엄마, 손잡는 게 나빠?"
민호의 입에서 툭, 질문이 튀어나갔다. 주방에서 솔솔 새어
나오는 짬뽕 냄새 때문에 마음이 약해졌나 보다. 엄마는 민호
의 질문이 잘 이해가 안 간다는 듯 고개를 갸우뚱하며, 민호의
다음 말을 기다렸다. 민호는 침을 한 번 삼켰다. 그리고 학교
에서 있었던 일을 이야기했다. 가희네 집에 배달 갔던 일, 같은
반 친구라서 가희에게 자장면 값을 받지 않은 일, 학교에서 가
희가 돈을 전해 주며 손을 잡은 일, 선생님에게 걸려서 풍기문
란 벌점을 받을 일까지. 아무 말 없이 민호의 말을 다 들은 엄
마가 민호에게 물었다.
"넌, 어떻게 생각하는데?"
"잘 모르겠어요. 일부러 그런 것도 아니고 잘못한 것도 아닌

데, 어쨌든 벌점을 받았으니까 나쁜 일을 한 것 같아요. 가희는 전학 와서 아무것도 모르는데 벌점을 받은 거니까, 신경 쓰여요."

민호가 말을 마쳤을 때, 아빠가 짬뽕 그릇 두 개를 민호와 엄마 앞에 내려놓았다.

"와! 세상에서 제일 맛있는 짬뽕이다! 민호야 우선 먹자."

엄마는 금방 '최선을 다해 맛있게 먹기 자세'로 들어갔다. 엄마의 '무슨 이야기든 들어주기 자세'를 무너트릴 수 있는 단 한 가지는 아빠가 만든 음식이 엄마 눈앞에 놓이는 거다. 엄마는 정성으로 만든 맛있는 음식을 먹는 것이 사람을 행복하게 하는 최고의 방법이라고 믿는 사람이다. 민호도 그 생각에 동의한다. 아빠는 말을 끊어서 미안하다는 듯 민호를 향해 눈을 한번 찡긋하고는, 주방으로 들어갔다.

손님 없는 홀에 후루룩, 후루룩 민호와 엄마가 짬뽕을 먹는 소리만 가득하다. 국물을 입 안으로 떠 넣자 민호는 점점 몸이 따듯해졌다. 그 따듯해진 몸이 마음의 혼란을 살살 달래 주었다. 국물까지 싹싹 그릇을 다 비울 때까지도 민호는 스스로에게 던졌던 질문에 대한 정확한 답을 얻지 못했다. 다만 자신이 무엇을 어떻게 해야 할지 정도만 어렴풋하게 떠올랐을 뿐이다.

4. B사감과 풍기문란

"야, 너 벌점 받았다며?"

평소에는 거의 말을 걸지 않는 짝 선미가 가희에게 물었다. 가희는 치미는 화를 억누르느라 입술을 깨물었다.

벌점 받은 사실을 잊어버리려고 노력했는데, 선미가 다시 생각나게 한 것이다. 전학을 온 뒤 가희는 성적 관리에 매달렸다. 점수가 좋다면 무시당하지 않을 것이다. 친구 없는 것은 상관없다. 사람이란 떠나게 마련이니까, 마음 주지 않는 편이 안전하다. 사람은 사람을 배신해도, 점수는 사람을 배신하지 않는다. 아이들에게도, 가희 곁을 떠난 엄마에게도 무시당하고 싶지 않다. 그런데 전학 온 지 2주도 안 되어서 벌점이라니 가희는 눈에 보이는대로 다 때려 부수고 싶었다.

가희가 아무 말도 없자 선미가 가희 눈치를 보며 한 마디 덧붙였다.

"너 B사감한테 걸렸다며? 완전 왕재수다. 전학 오자마자 이게 무슨 날벼락이니? 액땜했다 생각해라."

"B사감?"

가희는 되물었다.

"3학년 미술 선생인데 다들 B사감이라고 불러. 너 그 소설 제목 들어본 적 없어? 'B사감과 러브레터' 말이야. 여학교 사감인데 애들한테는 막 정숙하라 그러면서 지는 연애편지 몰래 훔쳐보고. 그런 내용 있잖아."

B사감과 러브레터라, 가희도 읽은 기억이 난다. 그래도 그건 소설 속 이야기가 아닌가?

"정말 학교에 풍기문란 벌점이 있는 거야?"

가희의 질문에 선미가 씁쓸한 표정으로 말했다.

"있어. 믿기지 않겠지만 말이야. 남학생과 여학생이 밀폐된 공간에서 단 둘이 있으면 벌점 5점. 복도 같은 공공장소에서 1미터 이하로 가까이 붙어 있어도 벌점 5점. 연애편지 따위가 발각되거나 사귀다 걸리면 부모님 소환, 뭐 그런 식이야. 선배들 말로는 원래 그런 거 없었는데 그 문제의 B사감이 강력 주장해서 도입한 거래. 청소년기의 연애는 공부의 적이다. 시작도 못하게 원천봉쇄 해야 된다 그러면서."

"말도 안 돼!"

"그래, 말도 안 돼. 왜 우리가 노처녀 B사감의 비정상적인 시기심의 대상이 되어야 하느냐 말이지. 하지만 말야."

선미는 여기까지 이야기한 뒤 목소리를 낮추고 주변을 한번 둘러봤다.

"하지만 뭐?"

선미는 가희의 귀 가까이에서 속삭였다.

"원래 못하게 하는 일일수록 더 재미있는 법이지. B사감 덕분에 우리의 로맨스는 더 짜릿해진다고나 할까?"

"뭐?"

"민호 걔 너한테 단단히 빠졌나 봐. 쉬는 시간마다 B사감한테 가서 가희 너는 모르는 일이고 다 자기 잘못이니까, 네 벌점까지 지가 다 받겠다고 그런다던데? 그럴수록 B사감은 널 미워하겠지만 말이야."

"무슨 소리야?"

"말한 그대로. 민호가 B사감의 마수로부터 널 구해 주려고 한다고."

5. 조금만 기다려

"네. 용궁반점입니다!"

"거기 민호네 집이죠? 민호 있어요?"

민호는 가게 전화로 자기 이름을 듣는 것이 낯설었다. 하지만 목소리는 익숙하다. 불쑥 가슴이 두근, 하고 뛰었다. 누굴까? 누가 날 찾는 거지?

"제가 민호인데요."

"나, 가희야."

민호의 심장이 아까보다 더 세차게 뛰었다. 가희가 왜 전화를 한 거지?

"너, 민호구나. 나 할 말이 있어."

가희는 전화기 저쪽 사람이 민호라는 걸 확인하자마자 외운 대사를 말하는 사람처럼 이야기를 시작했다.

"네가 내 벌점까지 대신 다 받기로 했다는 거 들었어. 고맙긴 한데, 너 나한테 왜 그러는지 모르겠어. 어쨌든 점수에 들어가는 거고 중요한 거잖아. 교내 봉사 그런 것도 해야 한다며. 내가 전학 와서 뭘 몰라서 이렇게 된 거니까 미안해. 근데 앞으로는 안 그랬으면 좋겠어. 부담스럽기도 하고, 아무튼 그래. 그러니까 이제는……."

민호는 가희의 말을 잘 알아들을 수 없었다. 저녁 배달 주문이 밀려들기 전이었다. 탁탁탁탁, 아빠가 주방에서 양파 써는 소리가 가희 목소리 너머로 들려왔다. 민호는 가희의 말을 자르고 물었다.

"가희야, 너 짬뽕 좋아하니?"

"뭐?"

"짬뽕 말이야. 우리 집 짬뽕 되게 맛있는데. 너 아직 밥 안 먹었지? 내가 지금 갈게."

"야, 서민호. 됐어!"

"조금만 기다려. 금방 갈게!"

민호는 가희의 다음 말을 듣지 않고 전화를 끊었다. 홀 안을 가득 메운 매콤한 짬뽕 국물 냄새가 민호의 코끝을 간질였다.

"식사 왔습니다!"

민호는 가희네 집 벨을 누르고 씩씩하게 외쳤다. 민호는 배달을 하며 이 순간이 가장 행복했다. 식사가 왔다는 말처럼 반가운 말이 또 있을까. 도착한 음식이 반가울 때, 식사를 가지고 온 사람도 반가울 것이다. 가희가 현관문을 열고 어이없다는 듯 말했다.

"야, 됐다니까."

하지만 끼니 때 음식을 반가워하지 않는 사람은 없다. 가희의 눈은 어느새 민호가 들고 있는 철가방을 향했다. 민호는 철가방 안에서 짬뽕 한 그릇을 꺼냈다. 바닥에 내려놓은 짬뽕을 가희는 두 손으로 조심스레 들어 올리며 말했다.

"어쨌든 고마워. 오늘 저녁은 뭘 먹나 걱정하던 참이었는데."

"혹시 괜찮으면……."

민호가 말 머리를 꺼내놓고 주춤거렸다.

"뭐?"

"괜찮으면, 같이 먹어도 되냐? 나도 아직 안 먹었거든."

말을 마친 민호가 철가방 안에서 짬뽕 한 그릇을 꺼내 들었다. 째각째각, 2초 정도의 침묵. 민호는 긴장했고 가희는 당황한 것 같았다. 가희가 정신을 차리고 말했다.

"그, 그래. 들어와. 여기 식탁에서 같이 먹자."

가희는 식탁 위 어지럽게 놓인 물건들을 한쪽으로 대강 밀어 민호가 앉을 자리를 마련했다. 민호는 단무지며 나무젓가락 따위를 챙겨 식탁으로 가 앉았다. 둘은 짬뽕 그릇을 촘촘히 감싼 랩을 말없이 벗겼다.

가희가 짬뽕 국물을 스푼으로 떠 입 안에 넣었다. 민호는 맛있지? 정말 맛있지?라고 호들갑스럽게 묻고 싶은 걸 겨우 참았다. 그때 가희가 말했다.

"와, 정말 맛있다."

민호는 가희의 말에 활짝 행복해졌다. 이 활짝 피어나는 기분은 어디서 오는 걸까? 민호는 잠시 생각했지만, 짬뽕 냄새가 코를 찌르고, 젓가락을 집어 들자 모든 생각이 사라졌다. 후루룩, 후루룩. 면발이 입안으로 들어가는 소리가 적막하던 가희네 집을 따뜻하게 만들었다. 음식을 반 쯤 먹었을 때, 민호는 가희와 오래 친하게 지내 온 것처럼 느껴졌다. 가희가 입을 열었다.

"근데, 너희 가게는 왜 전단에 '한 그릇도 배달됩니다'라고 쓴 거야? 한 그릇만 배달하면 손해 아니야? 물론 나 같은 사람은 그래서 주문하긴 했지만."

"아, 그거······."

이번에 새로 만든 용궁반점 전단에 '한 그릇도 배달됩니다'라는 문구를 넣자고 한 건 민호였다. 그건 민호가 오랫동안 간직해 온 꿈 때문인데, 가희에게 그걸 어떻게 설명해야 할지 난감했다.

"그건, 뭐 그냥······. 아참, 그 벌점 말이야. 신경 안 써도 돼. 난 대학 안 갈 거라서 벌점 받아도 상관없거든."

"대학을 안 가? 왜? 그럼 학교에 왜 다니는데?"

가희는 민호에게 되물었다.

"난 얼른 우리 가게 주방장이 되고 싶은데, 아빠가 고등학교를 졸업해야 가게를 물려주신다고 해서 학교 다니는 거거든."

"그게 무슨 소리야?"

가희가 다시 물었다. 민호는 깜짝 놀란 표정의 가희의 동그란 눈이 참 귀엽다고 생각했다. 때로 아무리 설명해도 이해할 수 없는 일이 있는 거니까. 민호는 다 먹은 짬뽕 그릇을 챙기며 건성으로 대답했다.

"뭐, 그냥 그렇다구. 난 대학에 안 갈 거고. 그러니까 네 벌점을 내가 대신 받은 건 대수로운 일이 아니라는 말이야. 그리고 너 말이야."

민호가 철가방에 빈 그릇을 집어넣다가 잠시 멈추어 서더니 가희를 빤히 바라보며 말했다.

"자꾸 밥 혼자 먹고 그러지 마. 밥은 혼자 먹는 거 아니야."

6. 그건 꿈이 아니잖아

민호가 혼자 밥먹지 말라고 했지만, 가희는 여전히 혼자 밥을 먹었다. 오늘도 선미와 함께 다니는 아이들 무리에 끼어 점심을 먹긴 했지만, 그건 그야말로 끼어 있는 것이어서 혼자 먹는 것만도 못했다. 집에서는 당연히 혼자 밥을 먹었다. 사실 가희가 혼자 밥을 먹은 지는 한참 되었다. 혼자 밥을 먹으면 먹고 싶을 때 먹고 싶은 만큼 먹을 수 있다. 익숙하고 편했다. 그걸 이상하게 생각해 본 적도 없다.

그런데 민호와 함께 짬뽕을 먹은 이후, 가희는 종종 그 날을 생각했다. 단 한 사람과 그릇을 마주하고 있었을 뿐인데, 집 안이 꽉 찬 것 같은 충만감. 맛있다고 말할 때 들어줄 사람이 있다는 데서 오는 기쁨. 그 느낌이 그리웠다. 그 느낌이 그리울수록 혼자 먹는 밥이 싫어졌다. 오늘도 혼자 저녁을 먹어야 한다. 아빠는 또 야근을 할 것이고, 냉장고는 비어 있다. 하지만 밥을 누군가와 같이 먹는 것 따위가 뭐 대수란 말인가. 밥은 그냥 밥일 뿐이다. 끼니를 때우는 건 공부를 하거나 일을 하기 위해서지 그 이상도 이하도 아니지 않은가. 여기까지 생각했을 때 가희의 가슴 밑바닥에서부터 뭔가 울컥, 하고 올라왔다.

하교 길, 가희는 메고 있는 가방을 내동댕이치고 싶은 충동을 겨우 참고 교문을 나섰다. 기말고사가 얼마 남지 않았다. 전학 와서 처음 치르는 시험이다. 가희는 새로 등록한 학원을 향해 종종걸음을 치며 스스로에게 말했다. 아무도 널 지켜 주지 않아. 점수가 널 지켜 줄 거야. 무너지지 마. 최고가 되자. 누구도 널 얕볼 수 없게.

"가희야!"

그때 가희는 누군가 부르는 소리에 뒤돌아보았다. 민호였다.

"너 집 이쪽 아니잖아."

음식을 배달하러 두 번이나 왔으니 방향을 모를 리 없다. 가희는 민호의 관심이 싫지 않지만 최대한 담담하게 대답했다.

"응. 오늘 학원에 가는 날이라서."

"아, 너 학원 다니는구나? 어디 다니는데?"

"진주아파트 상가에 있는 수학 학원에 다녀."

"아, 날아라 수학 전문학원?"

"응. 어떻게 알아? 너도 거기 다녀?"

"아니, 거기 가끔 배달 가거든. 원장 선생님이 잡채밥 하나를 시키시면서 항상 이렇게 말해. 단무지는 2인분으로 가져와라!"

"하하하!"

가희는 민호가 원장 목소리를 흉내 내는 대목이 우스워 저도 모르게 소리 내 웃었다.

"너, 웃는 거 첨 본다. 그렇게 자주 좀 웃어라."

가희는 민호의 다정한 말에 콧날이 시큰해졌다. 그런 마음을 들킬까 봐 얼른 말머리를 돌렸다.

"근데 넌, 학원 안 다녀?"

"응. 안 다녀."

"그럼 학교 끝나면 뭐해?"

"일주일에 세 번씩은 가게에서 배달하고, 배달 안 하는 날은 도서관도 가고 혼자 오카리나도 불고……."

"그럼, 넌 주방장이 꿈인 거야?"

가희는 궁금했다. 모두 꿈이 있다. 지금의 내가 아니라 미래의 나를 위해 현재를 기꺼이 희생한다. 민호는 무엇을 위해 살고 있을까? 민호의 현재는 어떤 미래를 향하고 있을까?

"응. 뭐 그런 셈이지."

"그럼, 나중에 호텔이나, 레스토랑 그런 데서 일하려고?"

가희의 말에 민호는 잠시 고개를 갸웃하더니 대답했다.

"그런 생각은 안 해 봤는데……."

"넌 뭐가 되고 싶은데? 너도 꿈이 있을 거 아냐."

가희는 재차 물었다.

"그냥 용궁반점에서 자장면도 만들고 탕수육도 튀기고, 뭐 그러고 싶은데……."

"그건 꿈이 아니잖아."

툭 튀어나온 가희의 말에 민호는 잘 모르겠다는 표정을 지을 뿐이었다.

"가희야, 우리 가게 가서 밥 먹고 갈래? 학원에서 가까우니까 먹고 가도 안 늦을 거야."

가게 이야기를 하는 민호의 눈이 반짝, 빛났다. 가희는 답답하고 궁금했다. 내게 없는 저 생기, 저 행복한 표정은 어디서 오는 걸까? 도대체 용궁반점이 어떤 곳이길래 민호를 저토록 빛나게 만들어 주는 걸까? 일류 호텔 부럽지 않은 멋진 가게인 걸까? 아니면 티비에 여러 번 나온 유명한 가게이기라도 한 걸까? 가희는 머릿속이 복삽했다.

"다음에 갈게. 오늘은 시간이 안 될 것 같아."

민호는 아쉽다는 듯 큰 눈을 여러 번 깜박거렸다. 그리고 가희에게 자기 핸드폰 번호를 찍어 주며 말했다.

"내가 가게에 없는 날이라도 전화하면 음식 가지고 어디든지 갈 테니까 연락해. 알았지?"

7. 어떤 게 행복이야?

유난히 배달이 많은 날이었다. 같은 아파트 단지를 몇 번이나 오가면서 민호의 마음은 계속 가희네 집을 향해 있었다. 그동안 친해졌다고 생각했는데, 왜 가희는 갑자기 쌀쌀맞아진 걸까?

가희가 진주아파트 상가에 있는 수학 학원에 등록하면서 둘은 종종 함께 하교했다. 가희네 학원이 민호네 가게 근처이다 보니 자연스레 그렇게 되었다. 그건 민호가 가희가 교실을 나서는 시간에 속도를 맞추기 때문이다. 가희도 싫어하지 않는 눈치였다. 그렇게 둘은 가까워졌다.

둘은 함께 걸으며 이런저런 이야기를 나누었다. 담임 선생님이나 아이들 이야기를 하기도 했고, 민호가 용궁반점에서 있었던 재미있는 일을 가희에게 들려주기도 했다. 민호가 재미있는 이야기를 들려주면 가희는 활짝 웃곤 했다. 민호는 가희가 웃는 것을 보는 것이 좋았다. 용궁반점의 자장면 다음으로 좋다고, 속으로 몰래 순위를 매겨 보기도 했다. 평소에는 그렇게 시덥잖은 이야기를 하며 걷곤 했는데, 며칠 전 가희가 심각해졌더랬다. 그때 뭔가 실수를 한 걸까? 빈 그릇을 철가방에 넣고 돌아오며 민호는 그날 일을 떠올렸다.

그날 가희는 기분이 나빠 보였다. 왜 그러느냐 물으니 기말고사 성적표 때문이라고 했다. 민호는 위로할 말을 찾지 못한 채 발끝만 보고 걸었다. 그때 가희가 민호에게 물었다.

"넌 점수 잘 나왔어?"

"나? 난 뭐 별로 신경을 안 써서……."

민호는 말끝을 흐렸다. 가희가 화내듯 민호에게 물었다.

"어떻게 너는 점수에 신경을 안 쓰니? 난 이렇게 미치겠는데, 왜 넌 아무렇지도 않냐구."

"괜찮아, 가희야. 다음 번에 잘 보면 되는 거잖아. 너무 속상해 하지 마."

가희는 대답이 없다. 그저 앞을 보고 걸을 뿐. 무거운 고요가 민호와 가희의 어깨를 내리누르는 동안 민호는 생각했다. 가희를 미치게 만드는 저 점수라는 건 뭘까? 나에게는 실감나지 않는 숫자에 불과한 것이 왜 가희를 울리고 웃길까? 모르겠다. 잘 모르겠다. 어떻게 해야 가희를 다시 웃게 해 줄 수 있을까. 민호가 불쑥 가희에게 말했다.

"가희야, 우리 가게 가자. 아빠한테 탕수육 해 달라고 하자."

그날 일을 거기까지 생각했을 때, 민호는 어느새 마지막 배달까지 마치고 용궁반점에 도착해 있었다. 그날, 가희에게 탕수육을 먹자고 한 날, 가희는 순순히 민호네 가게로 함께 왔다.

그런데 낡은 탁자에 마주 앉았을 때 가희는 화가 난 것 같았다. 음식이 나올 때까지 민호의 시선을 피하며 아무 말 없이 앉아 있던 가희는 음식이 나오자 서둘러 먹었다. 다 먹고 나서는 엄마 아빠에게 정말 맛있었다며 예의 바르게 인사하고 내쫓기기라도 하듯 급히 가게 밖으로 나섰다. 무언가 어긋났다. 인사를 마친 가희가 뒤도 돌아보지 않고 골목을 빠져나간 순간부터 민호의 가슴 속에 구멍이 하나 뻥 뚫렸다.

'왜 아무도 없는 거지?'

민호는 가게 안을 둘러보았다. 주방과 홀은 깨끗하게 정돈되어 있는데 아빠 엄마가 없다. 오늘 같은 날, 아빠표 탕수육을 먹으면 좋을 텐데.

"따르르릉!"

홀 전화가 울린다. 엄마다.

"민호야, 고모할머니가 편찮으시다고 갑자기 연락을 받아서 급히 아빠랑 나왔어. 냉장고에서 먹을 거 꺼내 먹고 가게 문 잠그고 들어가. 알았지?"

"네. 알았어요."

민호는 갑작스럽게 주어진 시간의 덩어리가 부담스럽다. 뭘 해야 할지 모르겠다. 가게 문을 열고 도망치듯 나가던 가희의 뒷모습이 계속 떠오른다. 용궁반점이 초라해 보였을까? 민호가 한심하게 느껴졌던 걸까? 민호는 가희가 좋다. 좋아서 뭐든지 주고 싶다. 자장이든 짬뽕이든. 가희가 먹는 걸 보면 기분이 좋아진다. 간단하고 분명하다. 근데 왜 이 간단하고 분명한 것이 이렇게 혼란스러운 걸까?

'꼬르륵'

민호는 이 와중에도 배가 고프다는 게 우스웠다. 민호는 주방으로 가 냉장고를 열었다가 그냥 닫았다. 그리고 아빠가 수타면을 만드는 작업대 앞에 서 보았다. 가만히 나무로 된 작업대를 손으로 쓸어 보았다. 보슬한 밀가루가 손에 묻어난다. 바로 앞에 랩으로 싸 놓은 스텐 볼 안에 밀가루 반죽이 들어 있는 게 보인다. 아마 아빠가 고모할머니의 병문안을 가지 않았더라면 이 반죽으로 저녁에 엄마와 민호가 먹을 자장면을 만들었을지도 모르겠다. 민호는 가만히 랩을 벗겼다. 그리고 반죽을 양손으로 주욱 늘렸다. 민호는 행복의 실체를 만지는 기분이었다. 무엇을 해야 할지 이제 알 것 같았다.

8. 너도 결국

"너, 민호랑 무슨 일 있었지?"

민호네 가게에 다녀온 지 일주일쯤 지난 어느 날, 선미가 가희에게 물어왔다.

"일은 무슨 일?"

"야, 민호 재 요즘 공부하잖아. 개 자기네 중국집 물려받는다며. 그래서 성적 같은 거 상관없다고 공부 안 하는 거 전교생이 다 아는데, 얼마 전부터 공부하잖아. 게다가 담임 심부름도 한다던데?"

"심부름?"

"그래, 실연의 상처가 아니라면 사람이 저렇게 갑자기 변할 수는 없지. 니네 사귄 거지? 그리고 깨진 거지?"

"내가 미쳤니? 그런 애랑 사귀게?"

가희는 선미를 향해 빽 소리를 지르고 말았다. 가희는 제 목구멍에서 나간 '그런 애'라는 말에 화들짝 놀라고 말았다. 사귄 건 아니다. 그런 적은 없다. 하지만 민호와 함께 밥을 먹었던 것이, 민호와 함께 걸었던 길이 가희를 얼마나 따듯하게 해 주었던가.

"아님 말지 왜 소리를 지르니? 그리고 그런 애라니 말이 좀 심한 거 아니니? 너 되게 웃긴다."

선미는 팩 토라졌다. 가희는 참담한 기분이 되어 책상 위에 엎드렸다. 가희는 알고 있다. 민호가 자기를 좋아하고 있다는 것을. 가희도 민호에게 마음이 끌리고 있었다.

가희의 마음은 이루지 못한, 이룰 수 없을지도 모르는 꿈들을 향해 있다. 그 꿈들은 아직 이루어지지 않았기 때문에 아름다웠지만, 한편 꿈을 가진 사람을 괴롭힌다. 민호에게는 그런 것이 없다. 민호의 삶은 언제나 현재를 향해 있다. 민호의 삶은 단순하고 어떤 의심이나 질문이 끼어들 여지없이 분명하다. 민호는 용궁반점을 사랑하고 그 주방장이 될 것이다. 그건 불가능한 꿈이 아니다.

가희는 민호와 함께 있는 동안 만큼은 작고 소박하지만 분명하고 확실한 세계가 눈앞에 펼쳐지는 편안함을 느꼈다. 가희가 불투명한 미래 때문에 불안해 할 때 민호는 오직 주어진 하루에 충실하기만 해도 행복할 수 있다는 격언 같은 미소를 지어 주었다.

가희는 궁금했다. 민호를 환하게 만들어 주는 용궁반점이라는 곳은 어떤 곳인지. 그래서 엉망으로 떨어진 성적 때문에 자신이 미워서 견딜 수 없었던 그날, 민호를 따라 용궁반점에 가기로 마음먹은 것이다. 가서 민호의 삶에서 점수보다도, 대학보다도 중요한 그곳을 직접 보고 싶었다.

용궁반점에 도착했을 때 가희는 실망했다. 대단한 고급 식당을 기대한 건 아니지만 그래도 여섯 개 밖에 없는 작은 테이블에 삐걱거리는 낡은 나무 의자를 상상하지는 않았다. 열일곱 남자아이의 꿈을 어떻게 이렇게 작은 공간 안에 가두어 놓을 수 있단 말인가. 가희는 남은 자장 찌꺼기가 말라붙은 더러운 그릇이 꼭 민호의 미래를 보여 주는 것 같아, 더 이상 앉아 있을 수 없었다. 가희는 되도록 음식을 빨리 먹고 자리에서 일어났다. 민호네 가게를 빠져 나오면서도 가희는 자꾸 뒤가 켕겼다. 뭘까? 내가 미처 보지 못한 것이. 무언가 중요한 것을 놓친 것은 아닐까,라고 되물었다.

그날 이후 가희는 민호를 피했다. 왜 그렇게 가 버렸냐고 민호가 물으면 대답할 말이 궁색했다. 대충 둘러대면 또 가자고 할 것이다. 가희는 다시 가고 싶지 않았다. 다시는 가고 싶지 않은데도 가희는 자꾸 용궁반점이 떠올랐다. 며칠이 지나도 그랬다. 그곳에 칠이 벗겨진 낡은 의자와 자장이 말라붙은 지저분한 그릇만 있었던 건 아니었다. 거기엔 무엇보다도 민호를 부르는 목소리가 있었다. 주방에서는 아빠가 카운터에서는 엄마가 불렀다. 다정하게. '민호야! 탕수육 가져가.', '민호야, 친구 물 좀 가져다 줘라.', '민호야, 더 먹을래?' 목소리가 부드럽게 홀 안을 울리면 민호는 유영하는 물고기처럼 자연스럽게 여기에서 저기로 움직이곤 했다. 가희는 그 목소리들을 떠

올려보고야 자신에게는 그것들이 없다는 것을 깨달았다. 연락조차 없는 엄마와 언제나 지쳐 있는 아빠. 용궁반점에 가면 가희는 자신에게 무엇이 없는지를 계속 마주해야 한다. 그건 더러운 자장 그릇을 보는 것 만큼이나 싫다. 가희는 민호에게 더 냉랭해졌다.

아무렇지도 않은 척하지만 민호도 마음에 상처를 입었을지 모른다. 자기가 무시당했다고 생각하고 보란 듯이 성적을 올리고 점수를 딸 생각일 수도 있다. 그래서 안 하던 공부며 선생님 심부름을 하는 거겠지. 그렇다면 결국 민호도 다른 아이들과 다를 바 없는 거라고, 가희는 생각했다. 거기까지 생각하고 나면 허전하고 억울하다. 민호를 피한 쪽은 가희인데, 변해 버린 민호를 보며 서운한 마음이 드는 것은 왜일까?

9. 달라진 건 없지만

그로부터 한 달쯤 지난 점심시간이었다. 교실로 들어온 선미가 가희의 어깨를 툭치며 말을 전했다.

118

"야, 민호가 너 불러. 저기 복도 끝으로 좀 나와 달라는데."

가희는 교실 밖으로 나갔다. 그날은 가희의 생일이었다. 문득 둘이 친하게 지내던 어느 날 민호가 가희에게 생일 선물을 줘도 되느냐고 물었던 것이 떠올랐다. 선물을 주려고 부르는 걸까? 가희는 순간 두근, 하고 가슴이 뛰는 것을 어찌할 수 없었다. 그런데 또 이상했다. 선물이라면 방과 후에 줘도 된다. 왜 하필 복도로 불러내는 걸까?

정말 복도 한쪽 끝에 민호가 서 있었다. 한 손에는 무언가 반짝이는 것을 들고 있었는데 멀리 봐서는 그게 무언지 알 수 없었다. 가희는 민호를 향해 손을 흔들었다. 민호도 가희를 발견하고 환하게 웃으며 가희에게 손을 흔들었다. 가희는 민호에게 가까이 다가가다 멈추어 섰다. 너무 가까이 가면 지난번처럼 풍기문란 벌점을 받게 될 것이다. 가희의 마음을 읽은 걸까? 민호가 더 세차게 가희를 향해 손짓을 한다.

"어서 와. 가희야. 생일 축하해!!"

민호의 한 손에 들려 반짝이는 것은 고깔모자였다.

'저걸로 뭐 하자는 거지?'

가희가 잠깐 생각에 잠긴 사이 민호가 가희에게 다가와 덥석 그 손을 잡아끌었다. 그리고 가희의 머리에 고깔모자를 씌워 주었다. 자기도 그 모자를 썼다.

"야, 걸리면 어쩌려고 그래!"

놀란 가희의 물음에 민호가 씩 웃었다.

"여기서부터 운동장 나무 그늘까지 우리 손잡고 뛰어갈 거
야. 거기 가야 진짜 선물이 있거든. 걸려도 돼. 누가 물어보면
내가 억지로 그랬다고 해. 내가 벌점 다 받을게. 나 이거 걸려
서 벌점으로 다 깎여도 될 만큼 그동안 상점을 모았거든!"

말을 마친 민호는 가희의 손을 꼭 잡고 운동장을 향해 달렸
다. 달리면서 큰 소리로 외쳤다.

"가희야! 생일 축하해! 정말 축하해!"

가희는 민호의 손에 이끌려 복도를 달렸다. 계단을 내려가
학교 현관을 빠져나가, 운동장을 가로 질렀다. 나무 그늘은 운
동장 제일 구석에 있다. 가희는 눈을 꼭 감았다. 오직 꼭 잡은
민호의 손만을 느끼며 계속 뛰었다. 겁나지 않았다. 마음속 깊
은 곳에 있는 높은 벽 하나를 훌쩍 뛰어넘어 미지의 곳으로 들
어선 기분이었다.

나무 그늘에 도착했을 때 벤치 위에는 철가방이 하나 놓여
있었다. 민호는 철가방 안에서 말없이 그릇 두 개를 꺼냈다. 자
장면이었다.

"가희야 먹자. 내가 너 주려고 처음으로 만든 수타면이야."

민호가 웃었다. 가희도 활짝 웃었다. 둘은 고깔모자를 쓴 채

로 말없이 자장면을 먹었다. 세상에서 가장 맛있는 자장면이라고 가희는 생각했다.

민호의 생일 이벤트는 하나의 해프닝으로 끝났다. 물론 민호는 B사감에게 불려가 단단히 혼이 났고 예상한대로 벌점도 받았다. 달라진 것은 아무것도 없었다. 그 일을 계기로 가희와 민호가 다시 만난 것도 학교에서 풍기문란 벌점을 없앤 것도 아니니 말이다.

가희는 민호에게 고맙다는 말을 하지 않았다. 그날의 이벤트는 민호가 가희에게 주는 선물이었지만, 한편 민호가 자기 자신에게 주는 선물이기도 했다는 것을 뒤늦게 알아차렸기 때문이다. 그날 자장면 그릇을 철가방에 집어넣고 나서 민호는 가희의 양손을 꼭 잡고 순하게 웃으며 말했다. 가희가 본 민호의 가장 멋진 웃음이었다.

"학교 생활을 통틀어 가장 신나고 즐거웠어. 아빠 엄마가 왜 고등학교를 꼭 졸업해야 중국집을 물려주겠다고 하는지 알겠어. 사는 건, 이렇게 행복한 거였어! 행복을 아는 사람이 행복한 자장면을 만들 수 있으니까. 널 만나서 정말 기뻐. 고마워!"

민호는 잡고 있던 가희의 손에 짧은 편지 한 장을 쥐어 주었다. 그리고 스르르 손을 놓았다. 가희는 집으로 돌아와서야 그

편지를 열어 보았다.

가희에게

언젠가 네가 내 꿈에 대해서 물어 본 적이 있었지?
그땐 네 꿈이 좀 이상해 보일까 봐 이야기를 못했는데,
이제는 이야기할 수 있을 것 같아서 이렇게 편지를 써.

너 처음에 '한 그릇도 배달됩니다' 라는 문구 때문에
우리 가게에 주문을 했다고 했지?
그 문구는 내가 넣자고 한 거야.
왜냐하면 우리 동네에 한 그릇씩만 배달을 시켜서
밥을 혼자 먹는 사람들이 누군지 알고 싶었기 때문이야.

내 꿈은 그 사람들이 서로 친구가 되어서
같이 밥을 먹을 수 있게 도와주는 거야.
내가 말했잖아. 밥은 혼자 먹으면 안 되는 거라고.
그게 내 꿈이야.
그 꿈을 위해서 나는 오늘도 한 그릇도 배달을 하는 거고.
너랑 같이 밥을 먹을 수 있어서 행복했어.

밥 혼자 먹지 말고.

생일 축하해.

용궁반점 초보 주방장 민호가.

　민호는 평소의 모습으로 되돌아갔다. 이젠 상점을 받기 위해 선생님 심부름을 도맡아 하지 않는다. 일주일에 세 번은 배달을 하고, 가끔 운동장 스탠드에서 혼자 오카리나를 분다. 가희는 멀리서 그런 민호를 보곤 한다. 이제야 가희는 민호가 자신과 좀 다른 존재라는 걸 받아들이게 되었다. 이 세계의 질서 바깥에 살고 있는, 온순하지만 누구도 길들일 수 없는. 가희는 알고 있다. 민호와 다시 가까운 사이가 되지는 못할 거라는 것을. 하지만 민호 같은 애가 세상에 있어서 참 다행이라고, 그걸로 충분하다고, 가희는 오래오래 생각했다.

횡단보도 앞에 서다

낙엽 한 장이 그의 구두 바닥에서 바스락거리며 부서졌다. 멀리서 신호등의 초록 사람이 깜박거렸다. 초록 불빛을 본 그는 뛸 준비를 했다. 하지만 씩씩하게 걷는 초록색 사람 옆, 하나씩 사라지는 작은 삼각형이 겨우 두 개 남아 있다. 건널 수 있을까? 지금 뛰어 봐야 건너지 못할 것이다. 괜히 신호등과 싸우고 싶지 않았다.

"다음에 건너면 되지 뭐. 이번에 못 건너간다고 큰일 나는 것도 아니잖아."

그는 다리에 힘을 풀었다. 몸 안을 팽팽하게 채우던 긴장감이 사라졌다. 편안했다. 하지만 편안한 건 잠시, 곧 뭔가 놓친 것 같은 기분이 든다. 바로 눈앞에서 반짝이는 초록 불빛에 조차 악착같이 달려들지 못하고 살아온 건가 하는 자괴감.

그는 횡단보도 앞으로 천천히 다가갔다. 이제 초록 사람은 사라지고 붉은 사람이 몸을 드러냈다. 10시 35분. 야간 도로 공사를 하는지 두꺼운 점퍼를 입은 기술자들이 분주했다. 그는 붉은 사람을 마주 보고 그 앞에 얌전하게 섰다. 두 다리를 꼭 붙이고. 양손은 빠지면 큰일이라도 날 듯 주머니 속에 여며 넣고. 그때였다.

그래, 너는 범생이지. 서 있는 폼만 봐도 알 수 있어.

그는 벼락처럼 머릿속을 찢고 들어온 목소리에 놀랐다. 그건 처음 듣는 듯 낯설면서도 오랫동안 알고 지내온 사람의 그것처럼 익숙했다. 그는 주위를 둘러보았다. 아무도 없다. 이상하다. 그래, 헛걸 들었나 보다. 스트레스를 받은 게지. 보통 같으면 하루를 정리하고 내일을 계획한 뒤 이불 속에 들어가 있을 시간이다. 지금 이 밤에 서울 한복판에서 헛소리나 듣고 있다니. 한심한 일이다.

오늘, 오래간만의 동창 모임이었다. 나가지 말았어야 하는 자리였는지도 모른다. 10월. 시험 한 달 전. 작년만 해도 그는 이 무렵이면, 아니 찬바람이 조금씩 불기만 해도 사람 만나는 걸 꺼렸다. 올해도 그럴 참이었다. 모든 생체 에너지를 오직 시험 준비에 집중해야 한다. 민수 그 자식한테 윤호 얘기만 듣지 않았어도 동창 모임에 나가지 않았을 텐데.

그는 고개를 설레설레 흔들었다. 이상했다. 교사 임용고시를 준비한 지 올해로 5년. 공부할 내용은 한정되어 있으니 5년 동안 한 공부를 했으면 자신감이 붙어야 마땅했다. 하지만 그는 자신이, 자신의 공부가 조금만 건드려도 부서져 버리는 모래성처럼 위태롭게 느껴졌다. 같은 과 동기들은 대부분 2, 3년 만에 시험에 붙거나 아니면 어찌어찌해서 사립학교라도 들어갔다. 이도 저도 아니면 포기하고 학원계로 나섰다. 사범대생의 길에는 그 두 가지만 있었다. 룰을 따라 참고 노력해 교사가 되거나, 그걸 견디지 못하고 패배자가 되거나. 적어도 그의 눈에는 그래 보였다. 하지만 그에게는 아직 성공담도 실패담도 없다. 인생은 계속 진행 중이었지만 그는 고장 난 바퀴처럼 그저 헛돌았다.

2년까지는 괜찮았다. 재수도 떨어지고 난 다음 해 그는 담배를 끊었다. 담배 때문에 머리가 나빠지는 게 낙방의 원인이라고 느껴서다. 세 번째 떨어지고 나서는 친구들과 연락을 끊었다. 자주 만나는 편도 아니었지만, 어쩌다 만나 이런저런 소식을 듣고 나면 한 일주일은 마음이 뒤숭숭했다. 네 번째 떨어지고 나서는 여자친구와 헤어졌다. 아무래도 그녀를 만나느라 공부할 시간을 빼앗기는 것만 같았다. 이번에도 떨어진다면? 이제 그는 더 이상 버릴 것이 없다.

· · ·

밤바람이 차게 불었다. 그는 구둣발 속 뒤꿈치를 몇 번 들었다 놓았다 했다. 발이 좀 저렸다. 시간이 꽤 흐른 것 같은데, 신호는 바뀌지 않는다.

"왜 이렇게 안 바뀌냐? 짜증난다. 추운데."

코맹맹이 여자 목소리다. 그가 상념에 빠져들던 사이 신호를 기다리는 사람들이 여럿이 된 것이다. 그는 흘끗 그녀를 돌아다 봤다.

"이거 고장 난 거 아니야? 그냥 건널까?"

그녀와 동행인 듯한 남자가 여자에게 동의를 구하듯 물었다. 횡단보도 앞에 서 있는 다른 사람들도 모두 그녀의 대답을 기다리고 있는 것 같았다. 둘 사이에 어떤 대화가 오간 듯 남자는 좌우를 돌아보더니 여자의 손을 잡아끌었다. 여자의 신발이 인도 보도블럭을 떠나 찻길의 아스팔트에 닿는 순간, 보지 말아야 할 것을 본 것처럼 그의 가슴이 철렁 내려앉았다. 하지만 다른 행인들은 기다렸다는 듯 그녀를 뒤따라 길을 건넜다.

'건널까? 나도 그냥 따라 건널까?'

빗줄기가 물길을 만들 듯 그의 마음도 저절로 움직였다. 그는 그들보다 한발 늦게 차도로 오른발을 디뎠다. 그리고 왼발을 옮기려고 할 때, 우회전하는 차 한 대가 쌩 하고 경적을 울리며 그의 앞을 질러 달려갔다. 그는 인도 위로 주춤거리며 물러섰다. 앞서 간 이들은 이미 중앙선을 넘었다. 머뭇거리는 찰나 타이밍을 놓친 것이다. 뒤통수가 뜨거워졌다. 누군가 자신을 비웃고 있는 것 같았다. 그럼 그렇지. 네가 어떻게 신호를 어기겠니,라고. 도로공사를 하는 기술자들이었을까? 먼저 건너며 흘깃 뒤를 돌아본 행인이었을까?

너는 신호를 어길 만한 위인이 못 돼. 그냥 기다려.

아까 그 목소리다. 헛소리라고 치부해 버렸던 바로 그 목소리. 그를 비웃는 소리. 누구의 명령이라도 받은 것처럼 그는 얼어붙어 버렸다. 냉동인간이라도 된 것 같았다. 그는 팔을 몸통에 딱 붙이고 다리에는 힘을 준 채 앞을 보고 섰다. 그의 눈앞에는 깊은 어둠 그리고 붉은 신호등이 있을 뿐이다.

지금 날 보고 있잖아. 왜 나를 못 알아보는 척 하는 거지?
나 때문에 지금 거기 서 있는 거잖아?

온몸에 소름이 돋았다. 그에게 말을 걸고 있는 건 뒤가 아니라 앞에 있다. 붉은색 남자. 거만한 자세의 붉은 사람이 그를 비웃고 있는 것이었다.

. . .

교사가 되고 싶었던 적은 한번도 없었다. 그에게 선생님을 하면 잘 어울릴 것 같다는 말을 해 준 사람도 없었다. 그 또래 아이들이 그렇듯이 그저 막연하게 경영이나 법학 같은 학과를 가고 싶다고 생각했다. 문제는 아버지였다. 사실 그의 아버지도 아들을 꼭 교사로 만들겠다는 굳은 결심 같은 걸 할 위인은 못되었다. 천성이 소박하고 낙천적인 사람이었다. 다만 좀 소심할 따름이었다. 언젠가 친척들 모임에 다녀온 아버지가 그의 방으로 조심스레 들어왔다. 그가 고등학교 2학년 때였다.

"앞으로 진로를 생각해 놓은 게 있니?"

"뭐, 그냥."

그는 오랜만에 오가는 부자간의 대화가 낯설었다.

"내가 말이다. 오늘 종석이를 만나고 오지 않았겠니? 너도 알겠지만 종석이가 이제 벌써 4학년이더구나."

종석이는 그의 사촌형이었다. 공부깨나 한다고 해서 친척들 사이에서는 늘 선망의 대상이었고 그는 소신대로 경영학과에 입학했다.

"근데 말이다. 종석이 하는 말이 요새는 웬만해서는 좋은데 취직하기도 어렵다는구나. 걔도 몇 군데나 떨어졌대. 그 똑똑한 애가 말이지. 그러면서 하는 말이 너는 괜히 나중에 취직할 때 고생하지 말고 사범대학을 가서 선생을 해 보면 어떻겠냐고 얘기를 하더구나. 나야 뭐, 네가 싫다면 어쩔 수 없겠지만, 나쁘지 않겠다는 생각이 들었어."

그때 그가 그의 아버지의 눈에서 본 것은 공포였다. 입심 좋은 종석이 형은 아직 취직이 안 된 자신의 처지를 변호하기 위해서라도 대학을 나와도 취직하기가 얼마나 어려운지를 과장되게 늘어놓았을 거고 그걸 듣는 그의 아버지는 평생 동안 노력해서 겨우 이룩해 놓은 평범한 삶이 자식에 이르러서 무너질 수도 있다고 느꼈을 거다. 지금에야 이렇게 생각을 정리해 볼 수 있게 되었지만, 그 당시 그는 아버지가 전해 준 공포를 날것 그대로 감당해야 했다. 그 공포는 결코 소화될 수 있는 성질의 것이 아니었다. 잠시 후, 그의 아버지는 방문을 나서며 손잡이를 잡은 채 마지막 말을 했다.

"아빠는 평생 주어진 것에 만족하며 살아야 한다고 생각해 왔어. 그게 행복이라고. 지금껏 그렇게 살아왔지. 근데 오늘은 그런 생각이 들더구나. 만족할 작은 것조차 없으면 어쩌나. 그럴 땐 과연 행복할 수 있을까 하는 생각, 그런 생각이."

• • •

"어?"

그가 서 있는 횡단보도 반대편 차도에서 752번 버스가 지나 갔다. 그가 타야 하는 버스다. 신호는 아직 바뀌지 않았다. 이러다 차가 끊기면 어쩌나 걱정되기 시작했다. 이젠 그와 함께 신호를 기다리는 사람도 없다. 그는 다시 한번 용기를 내어 신호를 무시하고 건너 볼까 생각했다. 차가 없을 때 그냥 건너기만 하면 되는 거다. 그는 오른발을 살짝 차도 위로 내려놓는다. 순간, 신호를 어기는 것에 대한 죄책감이 밀려왔다. 그는 변명이라도 하듯 혼잣말을 했다.

"신호등이 고장 난 게 분명해. 이젠 진짜 건너야겠어. 날도 춥고."

그는 붉은 남자를 못 본 척하고, 왼발도 차도로 밀어 내 놓는다. 바로 그때, 기다렸다는 듯 쌩 하고 오토바이 세 대가 그 앞을 스치듯 지나간다.

"빠라빠라 바라밤."

폭주족들이었다. 그는 다시 잽싸게 인도 위로 뒷걸음질 쳤다. 어깨가 오그라들었다. 두려웠다. 차나 오토바이 같은 커다란 기계 덩어리에 비하자면 그는 턱없이 연약했다. 그는 중얼거렸다.

"나는 길을 건너 집에 가고 싶은 것 뿐이야."

이 아무것도 아닌 일조차 할 수 없다니. 그는 울고 싶었다. 하지만 그 울고 싶은 마음 아래에서 언 땅을 뚫고 올라오는 봄꽃의 이파리처럼 파릇한 오기가 예상치 못한 방식으로 불쑥 솟았다.

'흥. 나는 법과 질서를 지키는 모범시민이야. 악법도 법이지. 잘못된 규칙도 규칙이고. 잠깐 오류가 생긴 모양인데 조금만 기다리면 초록 불이 켜질 거야. 그럼 나는 당당하게 이 횡단보도를 건너겠어. 그때, 내 앞을 가로막는 차가 있으면 죄다 고발해 버리겠어.'

그는 눈앞의 빨간 불빛을 노려봤다. 붉은색 남자는 이제 그를 향해 메롱하고 혓바닥이라도 내밀고 있는 것 같다. 긴 싸움을 예상한 듯 그는 오른쪽 어깨에 걸친 가방을 왼쪽 어깨로 바꾸었다. 그리고 마치 신호 따위 상관없이, 깊은 사색을 하는 듯 횡단보도 앞 인도 위를 천천히 오갔다.

. . .

그가 입학할 때까지만 해도 역사교육학과의 커트라인은 그렇게 높지 않았다. 그가 군대를 다녀온 후, 사범대의 인기는 하늘을 찔렀다. 입학과 함께 더 이상 진로에 대한 고민을 하지 않아도 된다는 것만으로도 안정감을 주었다. 그의 몇 년 아래 후배들은 그보다 훨씬 높은 점수로 입학을 했다. 그는 덩달아 자신의 가치도 올라가는 것 같았다. 그는 처음으로 아버지의 소심한 선택의 결과를 흡족하게 받아들였다.

하지만 대학 시절 그렇다고 해서 꿈이 없었던 건 아니었다. 장래 희망이라는 의미의 꿈은 아니지만, 그는 꼭 한번 배를 타고 먼 바다로 나가 보고 싶었다.

그가 어렸을 때, 외삼촌은 원양어선을 탔다. 먼 바다에서 돌아온 어느 날 외삼촌은 함께 배를 타자며 아버지를 설득하러

왔다. 그는 그때 일이 생생하다. 일곱 살이었던 그가 자동차를 가지고 놀고 있을 때 외삼촌이 불쑥 나타나더니 커다란 장난감 배를 그의 품에 안겨 주었다. 양 팔을 옆으로 활짝 벌려야 겨우 배의 양쪽 끝을 잡을 수 있을 만큼 큰 배였다. 놀라움과 기쁨이 가득 차오른 그에게 외삼촌은 검게 그을린 얼굴을 웃어 보이며 말했다.

"보물을 찾으러 갈 때는 배를 타야지. 암, 그렇고 말고."

그는 외삼촌의 말을 잘 이해하지 못했지만 눈에 보이는 커다란 배와 보물이라는 말 그리고 얼마 전 읽은 피터팬 이야기까지 섞여 마음 안에서 환상의 세계가 생겨났다. 번쩍거리는 금은보화, 해적들과의 싸움, 끝없이 펼쳐진 지평선.

"한번 생각해 볼게요. 형님."

그는 문 뒤에 숨어서 아버지가 외삼촌에게 한 마지막 말을 들었다. 그로부터 일주일, 재떨이에 꽁초가 수북하게 쌓이고 밤잠을 설치는 아버지 옆에서 그와 그의 어머니는 조심조심 발소리를 죽였다. 시간이 흐른 뒤에도 그는 한 번도 어머니에게 묻지 않았다. 그때 아버지가 배를 타길, 새로운 삶이 시작되길 바랐는지. 아니면 그저 어머니의 옆에 있어 주길 바랐는지. 그는 아버지가 배를 타길 바랐다. 아버지가 먼 바다로 나가 새로운 이야기들을 주머니 가득 담아서 돌아오기를 기대했으니까.

일주일이 지난 어느 날, 퇴근한 아버지는 상기된 얼굴로 어머니에게 말했다.

"당신, 정섭이 알지? 내 중학교 동창 말이야. 그 녀석 형 친구가 작년에 배를 탔다가 사고로 다리를 잃었다지 뭐야. 그렇게 위험한 줄 몰랐다니까. 돈도 좋지만 몸 상하면 다 무슨 소용이야. 안 그래? 지금 일하는 데 월급은 적지만 그래도 우리 세 식구 생활 못하겠어? 너무 큰 모험은 하지 말자구. 여보. 당신이 형님께 잘 좀 말해 줘."

그의 어머니는 가만히 고개를 끄덕였다. 시간이 조금 흐르고 나서야 그는 아버지가 망설였던 그 일주일이 고민의 시간이었다기보다는 배를 타지 않을 구실을 만들 시간이었다는 사실을 깨달았다. 그는 궁금했다. 다리를 다쳤다던 아버지의 친구의 형의 친구는, 실존 인물이었을지. 그래서였을까? 학창 시절 그가 공상하는 세계는 늘 바다였다. 바다, 커다란 배, 거칠게 소리를 지르는 근육질의 남자들, 풍랑, 해적, 무인도. 그의 아버지가 선택하지 않은 인생. 하지만 그는 알고 있었다. 그 역시 그런 인생을 선택하지 못하리라는 것을.

교사 임용 시험을 준비하면서, 바다에 대한 그의 공상도 다시 시작되었다. 두 평 남짓한 고시원 방에서 망망대해를 상상하는 것이 유일한 기쁨이었다. 그는 다짐했다. 이제 와서 선원이 될 수는 없지만 교사가 되고 나면 꼭 배를 타고 긴 여행을 하겠노라고. 그는 그때부터 우리나라에서 출발하는 온갖 배편들의 정보를 머릿속에 입력했다. 인천에 가면 상해로 가는 배가, 속초로 가면 블라디보스톡으로 가는 배가, 부산으로 가면 후쿠오카로 가는 배가, 목포로 가면 제주도로 가는 배가 있었다. 세상은 넓고 할 일은 많다지만 세상보다 더 넓은 것이 바다, 바로 바다였다.

그렇게 생각하고 보니, 교사는 좋은 직업이었다. 무엇보다도 긴 방학이 매력적이었다. 방학 때마다 배를 타야겠다는 생각을 할 때면 몸 안에서 은밀한 즐거움이 파도처럼 넘실거렸다. 그때까지만 해도 그에게 삶은 가능성의 바다였다. 시험은 곧 붙을 것이고, 그 다음에는 멋진 삶이, 새로운 삶이 그를 기다리고 있을 터였다.

· · ·

그는 양쪽 다리를 번갈아 높게 들어 올려 한 번씩 접었다 폈다했다. 다리가 아팠다. 시계를 들여다보니 벌써 11시 5분. 그는 벌써 30분 째 신호등이 바뀌길 기다리고 있는 것이었다. 화를 낼 기운도 없었다. 주저앉고 싶었다. 하지만 몸이 주저앉으면 자존심도 무너질 것만 같아 차마 그럴 수 없었다. 그는 억울했다.

"내가 뭘 잘못 한 거지? 뭘 잘못했기에 저 시뻘건 불빛이 내 앞을 가로막는 거지?"

그는 붉은 남자를 향해 강한 분노를 느꼈지만 그는 아무 책임이 없다는 듯 무심하게 자리를 지키고 있을 뿐이었다.

• • •

민수가 카톡을 남긴 건 사흘 전이었다. 내용은 동창회에 나오라는 것. 민수와 윤호 그리고 그. 셋은 대학 내내 붙어 다녔다. 하지만 대학을 졸업하고 서로의 처지가 달라지자 관계도 헐거워졌다. 1학년 때부터 시험 준비를 시작했던 윤호는 졸업과 함께 합격했다. 어찌 보면 당연한 일이었다. 처음에는 그도 민수도 윤호를 진심으로 축하해 주었다. 함께 가야할 길을 윤호가 좀 먼저 간 것뿐이라고 생각했으니까. 하지만 다음 해도 또 다음 해에도 그와 민수는 시험에 합격하지 못했고 그 후 셋은 함께 만나지도 따로 연락하지도 않게 되었다. 민수는 결국

사립학교에 기간제 교사로 들어갔다. 당장 돈을 벌지 않으면 안 되는 상황이었기 때문이었다. 그는 이러지도 저러지도 못하고 다시 수험 생활을 시작했다. 올해 초의 일이었다.

'이번 주 금요일 저녁에 우리 학번 모임 할 거야. 종로에서.'
'너 꼭 나와라. 얼굴 못 본 지 너무 오래된 거 아니냐?'
'야, 윤호 온단다. 나 보기 싫으면 윤호라도 보러 나와.'

여기까지 읽었을 때도 그는 당연히 모임에 가지 않을 생각이었다. 윤호 아니라 그 누가 온다고 해도 말이다.

'내가 재미있는 이야기 해 줄까?'
'정윤호, 그 미친 개자식이 한 달 전에 학교를 그만 뒀댄다.'
'진짜야, 임마. 궁금하면 모임에 나오시든가.'
카톡은 그렇게 끝나 있었다. 그는 휴대폰을 들고 멍하니 서 있었다. 갑자기 질문이 폭포처럼 쏟아졌다.

왜? 왜 그런 거지? 뭐가 잘못된 거지? 윤호한테 무슨 일이 생긴 건가? 어떻게 학교를 그만둘 수가 있지? 무슨 큰일이 생긴 게 분명해. 직장까지 그만둘 정도의 일이라면? 몸이 안 좋

은 걸까? 혹시 암? 아니야 그렇담 술자리 같은데 나올 리가 없
잖아? 아니지 그래서 마지막으로 친구들 얼굴을 보려고? 어
쩌면 그만둔 게 아니라 잘린 건지도 몰라. 촌지를 받았을 수도
있지. 걔네집이 원래 사정이 좀 안 좋았잖아? 그래서 절대 재
수는 안 된다고 4년 내내 시험 준비를 했잖아.

현실 감각을 상실한 그의 상상은 두 평 고시원방 안에서 끝
없이 흘러갔다. 상상은 상상을 낳고 또 키워 내더니 결국 그의
알량한 현실을 파먹기 시작했다. 그렇게 해서 그의 상상이 그
의 고시원방을 다 채워 버렸을 때 그는 책을 덮었다. 그리고
종로행 버스를 탔다.

· · ·

허리가 아팠다. 다리는 무거웠다. 더는 버틸 수 없었다. 그는
결국 바닥에 주저앉았다. 자존심이고 뭐고 따질 처지가 아니
었다. 바닥에서 올라오는 찬 기운이 온몸에 스몄다. 이제 지나
가는 사람도 보이지 않는다. 시계는 11시 반을 가리키고 있다.
그는 신호등을 올려다보았다. 붉은 사람도 지쳐 보였다. 날 무
시하고 그냥 지나가 달라고 애원하는 것 같다.

"이제 그만, 그만하고 싶어."

문장은 분명했다. 깨끗한 백사장 위 파도에 떠밀려 온 죽은 불가사리 한 마리처럼 선명했다. 다만 어디서 들려오는 것인지 알 수 없었다. 이것은 그의 안에서 만들어졌을까? 언젠가부터 그의 장기 속에서 서서히 자라고 있었으나 모른 척한 문장이었을까? 그가 돌보지 않는 사이 문장은 덩굴 식물처럼 온몸으로 퍼져 손톱이, 방광이, 쓸개가 척추가 그에게 말하는 것인지도 모른다. 그만, 그만하고 싶다고. 그렇다면 무엇을? 도대체 무엇을 그만하고 싶다는 것인가.

"그만, 이제 그만하자. 제발."

그러나 이것은 분명히 '밖에서 들려오는' 것이다. 누군가 그에게 말을 하고 있는 것이다. 그는 좌우로 고개를 거칠게 흔들었다. 멈추었을 때, 그의 눈앞에 붉은 사람이 보였다. 그는 불현듯 깨달았다. 붉은 사람은 처음부터 그에게 건너지 말라고 한 적이 없다.

1시간 동안이나 그는 초록 불빛을 기다리고 있다. 하지만 초록 신호는 무엇이란 말인가. 그가 원한 것은 초록색이 아니다. 건너도 좋다는 신호였을 뿐이다. 그렇다면 왜 그에게는 그 신호가 필요한 것이었을까. 그에게 필요한 것은 신호가 아니라

확신, 그것이었을까? 건너도 된다는 확신, 그것이 없기 때문이다. 여기까지 생각을 한 뒤에도 그는 차마 자리에서 일어날 수 없었다. 쪼그리고 앉은 다리가 저려왔다. 그 저림을 타고 마음 그의 마음 깊은 곳에 금이 가고 있었다.

· · ·

버스를 타고 종로로 가는 내내 그는 윤호를 만나면 뭐라고 위로를 해야 할지 머릿속으로 궁리했다. 어색한 어휘를 바꾸고 거슬리는 문장을 몇 번이고 머릿속으로 뜯어 고쳤을 무렵 목적지에 도착했다.

"여기야!"

어두컴컴한 지하 호프집에 그의 눈이 미처 적응하기도 전에 안쪽에서 누군가 그를 반갑게 불렀다. 윤호였다. 실의에 빠져 있을 것이라 예상했던 윤호의 얼굴은 밝게 빛나고 있었다. 그는 윤호를 위해 준비한 위로의 문장들을 등 뒤로 감추었다.

"너 정말 오래간만이다. 잘 지내냐? 공부는 잘 되고?"

윤호는 며칠 전에 만났다 헤어진 사이처럼 스스럼없이 물어왔다.

"어, 뭐 그냥……."

그는 말꼬리를 흐렸다. 입을 다물었다. 모든 게 낯설었다. 양복을 빼입은 친구들 사이에서 그는 손바닥에 차오르는 땀을 면바지에 몇 번이고 닦았다. 조용히 김빠진 맥주를 홀짝거렸다. 그리고 윤호의 이야기가 시작되기를 기다렸다. 모두 윤호의 이야기를 기다리는 눈치였다. 누군가 물었다.

"윤호야, 너 근데 학교 그만두었다는 거 사실이냐?"

"응."

윤호는 대수롭지 않다는 듯 짧게 대답하고는 맥주잔으로 입을 가져갔다. 그는 침을 한번 꼴깍 삼켰다.

"왜? 팔자 고칠 일이라도 생겼어?"

누군가 불편한 심기를 애써 감추며 농담처럼 물어왔다. 윤호가 입을 열었다.

"아니, 그런 건 아니구. 일이 적성에 안 맞아서."

적성, 이라는 말에 다른 사람들이 어떤 반응을 보였는지 그는 잘 기억나지 않았다. 다만 그 순간 그의 가슴속에서는 얼음이 갈라지듯 쩍, 하는 소리가 나며 냉소가 번졌다.

'적성? 웃기시고 있네.'

그는 맥주를 벌컥 마셨다.

"그래서 앞으로 어떻게 할 건데?"

누군가 윤호에게 진지하게 물었다. 윤호는 대답 대신 뜬금없는 이야기를 시작했다.

"내가 맡은 반에 성일이라는 애가 있었는데, 걔가 말이지 춤을 추겠다면서 학교를 자퇴하겠다고 했어. 왜 하필 그런 꼴통이 우리 반에 들어왔나 진짜 밉더라. 근데 걔가 공부도 제법 했거든. 학부모랑 교감이랑 해서 나한테 애를 설득해 보라는 거야. 그래서 하루는 걔를 데리고 상담실로 갔어. 그리고 그냥 늘 하는, 지금이 인생의 중요한 시기고, 네가 원하는 건 나중에 대학에 가서도 할 수 있고, 뭐 그런 이야기를 하지 않았겠니. 한참 내 이야기를 듣고 있던 그 녀석이 이렇게 말을 하더라. '선생님, 선생님은 선생님이 너무 되고 싶어서 지금 되셨겠죠? 그러니까 제 마음을 아실 거 아니에요. 만약에 선생님한테 누군가 넌 절대 선생님을 하면 안 돼 그러면 얼마나 마음이 아프겠어요. 지금 제가 그래요. 저는 춤을 추고 싶은데 저한테서 그걸 빼앗아 가는 건, 선생님한테서 선생님이라는 걸 빼앗아 가는 것과 같아요.'라고 말이지. 나 걔 그냥 자퇴 시켜 줬다. 내 교직 생활 4년 동안 제일 잘한 짓이라고 생각하고 있어."

갑자기 분위기가 가라앉았다. 윤호는 민망해졌는지 괜히 너스레를 떨기 시작했다.

"어때? 그 녀석이 나보다 낫잖아. 적어도 걔는 자기가 뭘 원하는지는 아니까. 이제 내가 그 녀석을 선생 삼아야 될 것 같아서 나왔다. 자, 이제 술 마시자!"

"그래서, 너도 이제 와서 춤이라도 배우려고?"

어디선가 노골적인 비아냥이 흘러나왔다. 윤호는 고개를 똑바로 들고 대답했다.

"못할 것도 없지 뭐."

· · ·

횡단보도 앞에 한동안 쭈그리고 앉아 있던 그는 양손으로 무릎을 짚고 천천히 자리에서 일어났다. 12시가 넘었다. 신호는 여전히 붉다. 붉은색과 초록색. 인생에는 그 두 가지 신호밖에 없는 걸까? 앞으로 나가는 것. 멈추어 다음 신호를 기다리는 것. 인생은 그 지루한 반복의 연속인 것일까? 그는 상상해 보았다. 더 여러 가지 색의 신호가 있다면 어떨까 하고. 분홍색 불빛에는 춤을 추고 보라색 불빛에는 노래를 부를 수는 없는 걸까? 금빛 신호가 켜지면 큰 소리로 웃고 은빛 신호에는 울고 그 모든 불빛이 노래방 조명처럼 한꺼번에 윙윙거리며 돌아갈 순 없는 걸까? 하고.

'그런데 그런 걸 하는 데도 신호가 필요한 거야? 신호등이

없다면, 무엇을 하라는 사인을 보내 주지 않으면 아무것도 못하는 그런 인간이란 말이야, 나는?'

쿵, 하고 가슴에서 무언가 내려앉는 것 같은 느낌에 그는 결국 다시 자리에 주저앉고 말았다. 그가 지금까지 신호를 위반하지 않는 것은 신호를 지키기를 원하기 때문이라고 생각했다. 하지만 그게 아니었다. 신호에 매여서 신호 없이는 아무것도 할 수 없기 때문에 깊은 밤, 2시간이 넘도록 길바닥에 주저앉아 이러지도 저러지도 못하고 있는 것 뿐이었다.

· · ·

모임을 마치고 나왔을 때 자연스럽게 윤호와 그는 한방향으로 걷고 있었다. 윤호는 시청역까지 걸어가서 2호선을 타겠다고 했다. 함께 있던 다른 친구들이 버스를 타기 위해 하나 둘 정류장으로 간 후 윤호와 그, 단 둘만이 남았다.

'민수 이 자식, 나보고는 꼭 오라더니 저는 코빼기도 안 비춰? 두고 보자.'

윤호와 단둘이만 있는 것이 부담스러워지자, 그는 반 걸음쯤 윤호보다 뒤쳐져 걸으며 속으로 민수를 욕했다. 그때였다.

"근데 너, 예전에 배 타고 멀리 가 보고 싶다고 하지 않았냐?"

어느새 그의 옆으로 바싹 다가선 윤호가 뜻밖의 질문을 했다. 그는 순간 우뚝 멈추어 섰다. 배를 타고 싶다는 이야기를 윤호에게 언제 한 것인지 기억나지 않았다. 그가 멍해져 있는 사이 윤호가 다시 물었다.

"그래서 너 배 타 봤냐?"

무슨 초등학생들 질문도 아니고, 배 타 봤냐니. 그는 피식 웃었다. 그리고 생각했다. 내가 언제 배를 탔더라, 하고. 하지만 아무리 생각해도 배를 탔던 기억은 떠오르지 않았다. 얼굴이 화끈 달아올랐다. 그의 동요를 눈치챈 윤호가 다시 말을 이었다.

"너 설마 배를 한 번도 안 타 본 거냐?"

그는 대답 대신 살짝 고개를 까닥였다. 슬펐다.

"여자 친구랑 유람선도 안 타 봤어?"

그는 한 번 더 고개를 끄덕였다. 어찌해 볼 수 없는 절망감이 가슴을 파고 들었다. 그렇게 배를 타 보고 싶어 했으면서 하다못해 한강 유람선 한번 타지 않은 자기 자신을 용서할 수가 없었다. 그는 자신에게 다시 물었다. 정말, 내가 배를 타고 싶어 한 게 맞긴 맞을까?

"한 번 해 봐. 진짜 한강 유람선이라도 타 보란 말이야. 하고 싶은 게 있으면, 지금 하란 말이야. 지금. 시간이 지나고 자리가 좀 잡히면? 웃기지 말라 그래. 자리 같은 건 평생 가도 안 잡힌다구. 알어?"

윤호는 씹어뱉듯 혼잣말을 하더니 인사도 없이 지하철 입구로 들어갔다. 화려한 불빛으로 가득한 시청 광장 앞에 그만 혼자 남겨진 것이다.

윤호와 헤어지고 그는 눈앞에 보이는 길을 따라 걸었다. 지하도가 나오면 건너고 횡단보도 앞에서는 기다리면서. 걷거나 멈추는 것. 그것 말고는 달리 할 수 있는 일이 없었다. 그러다가 여기, 영영 바뀌지 않을 것 같은 붉은 얼굴로 그 앞에 버티고 있는 이 신호등을 만나게 된 것이었다.

'윤호라면? 윤호였다면 지금 어떻게 했을까? 건넜을까? 아니면 기다렸을까?'

쪼그려 앉은 채 그는 자신에게 물었다. 그리고 다시 자신에게 화가 났다. 윤호가 건넜다면? 건널 것인가? 그러지 않았다면 안 그럴 것인가? 그는 자리에서 일어났다. 그리고 한 걸음 뒤로 물러났다. 신호등이 꼭 한 걸음만큼 그에게서 멀어졌다.

'정말 이 길밖에 없는 걸까? 신호를 무시하고 건너거나? 기다리거나?'

그는 한 걸음 더 뒤로 물러섰다. 또 꼭 한 걸음만큼 신호등에서 멀어졌다. 순간 두려웠다. 신호 없이 살 수 있을까. 허락받지 않은 길을 갈 수 있을까.

'이 길이 아니라면, 어니로 살 수 있는 걸까?'

그는 한 걸음 더 물러섰다. 신호등의 붉은 사람이 근엄하게 그를 꾸짖기 시작했다.

신호를 어겨 보겠다? 말했잖아. 넌 그럴 만한 위인이 못 된다고.
파란불이 켜질 때까지 기다려. 천년이고 만년이고 기다려.
언젠가는 네 인생에도 파란불이 켜지겠지. 그때 건너면 되는 거야.

그는 한 걸음 더 뒤로 물러섰다.
"그만, 그만하고 싶어."

문장은 그의 성대를 울리더니 토하듯 그의 몸 밖으로 빠져나왔다. 머릿속에서만 울리던 문장이 소리가 되어 나온 것은 처음이었다. 그렇다. 이것은 그 누구도 아닌 그의 문장이었다. 그는 그가 토해 놓은 문장의 실루엣을 가만히 음미했다. 그만?

그만하고 싶다고? 그만이라는 말은 무언가를 끝내자는 말인데도, 그는 영화 시작 전의 짧은 암전처럼 검게 설레인다. 그의 설렘을 막아서는 것이 있었다.

넌 신호를 못 어겨. 넌 벗어날 수 없을 거야.

그였다. 붉은 사람. 그는 이제 목소리마저 붉었다. 그의 붉은 목소리는 심해에 던져진 그물처럼 그의 설렘을 낚아챘다. 그는 발버둥치듯 중얼거렸다.
"벗어날 거야."

그럴 수 없을걸.

"그만, 그만할 거야."

아니 넌 그럴 수 없어.

그는 붉은 사람을 노려보았다. 굳건하게 선 다리. 누가 와도 막아낼 듯 튼튼한 어깨. 주어진 것이라면 어떤 것도 놓치지 않을 듯 꽉 쥔 주먹. 붉은 사람은 완벽해 보였다.

"하지만… 하지만… 너는……."

그는 다음 말을 입 밖으로 내지 못했다. 소리를 입지 못한 문장들이 그의 마음 안을 헤집었다.

'그래 봐야 너는 그 안에 있을 뿐. 아무리 강해 보여도, 완벽해 보여도, 너는 신호등 안에 있을 뿐이야. 밖으로 나올 수 없이. 넌 닐 막을 수 없나고!'

그는 토하듯 소리내어 말했다. 저절로 나온 문장이었다.

"난 신호를 어기지 않을 거야. 물론 지키지도 않을 거고!"

그는 왼쪽으로 90도 몸을 돌렸다. 이제 그의 시야에서 신호등은 사라졌다. 간단했다. 혹시 그 사이 초록불이 되었을까. 그는 다시 흘끔 신호등을 건너 보았다. 여전히 신호등은 붉었다. 그는 한 번 더 왼쪽으로 90도 몸을 돌렸다. 아주 간단했다. 이제 신호등은 그의 등 뒤에 있었다. 신호등을 등지고 그는 걷기 시작했다.

"그래, 이렇게 갈 수도 있는 거였어. 신호를 지킬 필요도, 신호를 어길 필요도 없어!"

그는 씩씩하게 계속 길을 따라 걸었다. 눈앞으로 지하차도가 보였다. 그는 지하차도 옆 인도를 따라 계속 걸었다. 한참동안 서 있던 다리는 기다리기라도 했다는 듯 근육들을 움직였다. 한참 걷다가 그는 잠깐 멈추었다. 뒤돌아보고 싶은 참을 수 없는 충동이 찾아왔다.

'그 사이 신호가 바뀌었으면 어쩌지? 지금이라도 뛰어가면 건널 수 있지 않을까? 뛰어갈 수 없어도 확인은 해 볼까?'

그는 궁금해 미칠 것 같았다. 하지만 뒤돌아보지 않았다. 붉은 사람이 뒤를 잡아당기고 있는 것 같았다. 하지만 이제 와서 뒤돌아보는 게 무슨 소용인가. 그는 걸었다. 신호등 없는 길을 건너고 노숙자들이 잠을 청하는 지하도를 건넜다. 그리고 그제야 자신이 어디를 향해 왔는지 알 수 있었다.

그의 눈앞에 서울역이 한 폭의 그림처럼 펼쳐져 있었다. 그는 머릿속에 저장된 온갖 배편들의 정보를 다시 떠올려 보았다. 수년 전 기억이지만 생생했다. 인천에 가면 상해로 가는 배가, 속초로 가면 블라디보스톡으로 가는 배가, 부산으로 가면 후쿠오카로가는 배가, 목포로 가면 제주도로 가는 배가 있다. 세상은 넓고 할 일은 많다지만 세상보다 더 넓은 것이 바다, 바로 바다이므로.

'그사이 신호등은 바뀌지 않았을까?'

그는 어디론가 향하는 기차 안에서 자기 자신에게 물었다.

하지만 곧 고개를 저었다. 바뀌었다 해도, 바뀌지 않았다 해도 신호에 매이지 않는 사람에게 신호란 별 의미가 없는 것이니까. 기차가 흔들렸다. 그는 좌석 깊이 몸을 파묻었다.

수록 지면

• 작가의 말 •

오랫동안 써 온 작품들을 모아 책으로 엮습니다. 여기저기 흩어
져 있던 이야기들에게 집을 지어 주는 것 같아 마음이 뿌듯합니
다. 책으로 엮으며 다시 살펴보니, 시간이 흘러 변한 것들이 있
고, 한편 변하지 않은 것들이 있네요.

변한 것은 제가 그 사이 두 아이의 엄마가 된 것입니다. 부당함
에 더 민감해졌고, 세상의 비참함을 외면하고 싶은 마음에서 조
금 벗어났습니다. 내적 기쁨을 누리는 것이 삶에서 가장 중요한
능력인데, 이미 어린이들은 그 능력을 가지고 있으므로 언제나
아이들에게 배우려는 자세를 가져야 한다는 것도 알게 되었습
니다.

예전에 쓴 작품들 속에 이제야 겨우 배운 것들의 가치를 충분히
담지 못한 것이 아쉽습니다. 하지만 그 작품을 쓰던 시절에는,
그때의 저 자신으로 온 마음을 다해 한 자 한 자 썼습니다. 매순
간 무언가를 뛰어넘고자 분투했습니다. 그때의 저를 응원하는
마음으로 부족한 점을 이해해 주시면 감사하겠습니다.

변하지 않은 것도 있습니다. 세계와 우리는 완전히 이해할 수는 없는 방식으로 깊이 그리고 아름답게 연결되어 있는데, 이 연결과 아름다움을 보여 주는 가장 좋은 방식은 이야기라는 것, 이 믿음은 10년 전이나 지금이나 하나도 변하지 않았다는 것을 책을 만들면서 다시 되새기게 되었습니다.

되돌아보니 삶에서 가장 중요한 것들은 언제나 '이야기'의 몸을 입고 저를 찾아왔습니다. 그것은 소설이기도 했고 동화이기도 했습니다. 오랜 친구의 하소연이기도 하고, 카페 옆자리에 앉은 사람의 전화 통화이기도 했습니다. 그리고 무엇보다 나의 삶, 고유한 나의 경험, 나만의 생각과 느낌. 그런 보석들이 저를 이루고 있습니다.

여러분의 삶 역시 삶의 이야기라는 보석으로 가득 채워져 있을 것입니다. 이 책이 여러분의 삶이라는 커다란 보물 창고에 작고 반짝이는 구슬 하나 정도 되어 준다면 작가로서 더 바랄 것 없겠습니다.

이 책을 펼쳐 주셔서 진심으로 감사합니다. 저와 당신은 이렇게 연결되었습니다.

2020년 겨울 박채란

열린어린이 청소년소설 02

한 그릇도 배달됩니다

박채란 지음

처음 찍은 날 2020년 12월 9일
처음 펴낸 날 2020년 12월 16일
펴낸이 김덕균 펴낸곳 오픈키드(주)열린어린이
만든이 조수연 꾸민이 한승란 관리 권문혁
출판신고 제 2014-000075호 주소 서울시 마포구 월드컵북로5가길 17 3층
전화 02-326-1284 전송 02-325-9941 전자우편 contents@openkid.co.kr
ⓒ 박채란 2020

ISBN 979-11-5676-118-1 43810
값 12,000원

* 이 도서는 한국출판문화산업진흥원의 '2020년 출판콘텐츠 창작 지원 사업'의 일환으로
 국민체육진흥기금을 지원받아 제작되었습니다.